TRAUMSCHROTT

Christian Krumm

1. Auflage März 2016

Copyright © 2015 by Edition Roter Drache
Edition Roter Drache, Haufeld 1, 07407 Remda-Teichel
edition@roterdrache.org; www.roterdrache.org
Buch- und Umschlaggestaltung: Holger Kliemannel
Titelbild: Björn Goobes
Lektorat: Sarah Bräunlich
Gesamtherstellung: Jelgavas typogrāfija

ISBN 978-3-946425-02-1

Inhalt

✧ ✧ ✧

Traumschrott 1

Das Gremium

„Meine Damen und Herren, ich darf Sie ganz herzlich begrüßen zur ersten Sitzung dieser hochkarätigen Versammlung, deren Vorsitz zu führen ich mich demütigst rühmen darf. Ich freue mich sehr, dass Sie alle vollständig erschienen sind, oh Verzeihung, vollzählig, wollte ich sagen. Wie Sie wissen, setzt sich dieses Gremium zusammen aus Vertretern der Politik, der Wirtschaft, der Kultur und der Presse, um über die Vergabe des ersten Literaturpreises unserer schönen und kulturell so lebendigen Stadt zu entscheiden. Damit wir aber nicht nur offizielle Vertreter, sondern auch unsere Bürger selbst zu Wort kommen lassen, sind auf vielfachen Wunsch auch ein Leser und eine Leserin in unser Gremium mit aufgenommen worden."

Mit einer weltmännischen Handbewegung zeigt der Vorsitzende auf Dich, da Du rechts neben ihm sitzt. Deine Handflächen fahren ein paar Mal unruhig über das glatte Grau des großen Sitzungstisches, der aus quadratischen und trapezförmigen Einzelteilen zusammengestellt ist. In der Mitte stehen umgedrehte Gläser und Tassen, Kaffeekannen und Flaschen mit Wasser und Saft in genau so einer Position, dass keiner sie im Sitzen erreichen kann. Du hättest schon gerne etwas zu trinken, traust Dich aber nicht, denn bisher hat keiner der Anwesenden auch nur eine Hand in diese Richtung gestreckt. So schaust Du auf den Beamer direkt vor Dir, der ein eigentümliches Bild auf eine weiße Leinwand wirft, eine zerbrochene Bierflasche mit Gegenständen darin, die vor dem Hintergrund eines galaktischen Sternenhimmels fliegt. Weil Du in dieser Runde nichts mit Dir anzufangen weißt, hast Du einen Notizblock und einen Stift aus Deiner Tasche geholt. Du schreibst das Datum und „Erste Sitzung Gremium Literaturpreis" als Überschrift auf den leeren, karierten Notizzettel und legst Deine Hände ordentlich gefaltet auf das Papier. Dann hebst dann den Blick auf die Menschen, die mit Dir am Tisch sitzen. Die blonde Frau mit dem modischen Topfhaarschnitt hat einen mächtigen Ordner voller Papiere vor sich und blättert darin. Der Mann im Maßanzug neben ihr tippt etwas in sein Blackberry und wird von dem Kerl mit dem wuchtigen Vollbart beobachtet, der seinen Arm über die Stuhllehne hängen lässt, als wäre er ausführender Produzent des nächsten James-Bond-Films. Daneben putzt die Frau mit dem grauen Dutt hektisch ihre John-Lennon-Brille. Ihre fahlen Lippen hat sie aufeinander gepresst und ihr Kopf vibriert wie eine elektrische Zahnbürste. Sie alle sehen aus, als würden sie wegen dieser Sitzung von einer wichtigeren Arbeit abgehalten.

„Obschon es wahrscheinlich nicht nötig ist", fährt der Vorsitzende weiter fort, „möchte ich kurz die anderen Mitglieder des Gremiums vorstellig machen. Zu meiner linken freue ich mich sehr, die dritte stellvertretende Oberbürgermeisterin Frau Petra Wagenhart begrüßen zu dürfen. Sie ist eine der jüngsten Bürgermeisterinnen, die unsere Stadt je gesehen hat, war bereits mit 21 Jahren Landesvorsitzende der Jungsozialisten, ist im nunmehr sechsten Jahr Mitglied des Stadtrates und hat zudem noch zwei Kinder. Daneben freue ich mehr sehr über die Zusage von Herrn Ludwig Böhlen, Gründer der Ludwig Böhlen GmbH, die Ihnen allen ein Begriff sein dürfte, weil die Firma ein leuchtendes Beispiel für kulturelle Unterstützung und Stakeholder-Value in unserer Stadt ist. Er hat sie selbst gegründet und zu einem führenden Unternehmen gemacht. Zu seiner Rechten sitzt Herr Axel Johann Konner, langjähriger Kulturredakteur der Rundschau und als solcher äußerst verdient um das Theater und die klassischen Konzerte im großen Bischof-Ferdinand-Felix-Feiffer-Haus. Ich brauche natürlich nicht zu erwähnen, dass er auch selbst Jazzmusiker ist und regelmäßig im Pianissimo sein zahlreiches Publikum begeistert. Und last but definitly not least Frau Irina Rosen, uns allseits bekannte Schriftstellerin und sicher eines der bekanntesten Gesichter unserer Stadt, die, wenn ich das hinzufügen darf, gerade erst für ihren letzten Roman „Das Ich im Du" mit dem Albrecht-Göbel-Preis ausgezeichnet wurde. Also, ich freue mich sehr, unser Praktikant wird Protokoll führen."

Der Praktikant, das bin ich. Du hast wohl während dieser Rede häufiger zu mir gesehen, weil ich einen sehr dienstbaren Eindruck gemacht habe. Ich bin aus einem bestimmten Grund hier, aber dazu später. Du beneidest mich ein wenig, weil ich augenscheinlich eine klare Aufgabe habe und weiß, was ich hier tue. Du weißt es eigentlich nicht. Ursprünglich hast Du ja nur ein Buch zur Hand nehmen wollen und nun sitzt Du hier, als Quotenleser eines Gremiums, das Kraft Deiner Rolle eine letzte Form von

Authentizität vortäuschen will. Wie das heutzutage so ist, wurde aus dem Umstand des Lesens Dein entscheidendes Merkmal bei der Rollenzuschreibung für die Traumwelt der öffentlichen Repräsentation. So wie in einer Fernsehreportage der Rentner „Walter Göhnich", der sein ganzes Leben lang hart arbeitet, mit seiner Frau drei Kinder groß zieht, nie die Steuer betrügt, einige hundert Euro im Jahr an wohltätige Zwecke spendet und zudem amtierender Clubmeister seines Minigolf-Vereins ist, in der Unterzeile schlichtweg als „Nachbar" bezeichnet wird. Denn er wohnt neben einem, der den Baum seines Nachbarn ohne dessen Erlaubnis beschnitten hat. Dies musste zwangsläufig zu einem zünftigen Handgemenge führen, was für die Reality-TV-Show „Maulschellen. Nachbarn sehen rot!" wesentlich interessanter ist als die Lebensgeschichte von Walter Göhnich. Der hatte eigentlich nur gesagt, dass er von dem Nachbarschaftsstreit nie etwas mitbekommen habe. Aber nach gekonnter Überredungskunst des Fernsehteams sagte er schließlich, dass das mit denen schon jahrelang so ginge, es eine Katastrophe sei und er nicht wisse, wie man sich so verhalten könne. Damit wurde er zu: „Walter Göhnich, Nachbar". Es war übrigens sein einziger Fernsehauftritt, Gegenstand einer Fernsehmeldung wurde er erst wieder als „ein Toter", da er auf der A3 einen Autounfall hatte. Seine Frau Gisela Göhnich allerdings brachte es später noch zu erheblichem Ruhm, weil sie in der Quizshow „Generationenduell. Großeltern gegen Enkel" als süße Omi das ganze Fernsehland verzückte und im Zuge dessen mit dem von einem der Redakteure geschriebenen Buch „Mein Rollator fährt 210" in den Spiegel-Bestsellerlisten landete.

Hier und jetzt steht also nur „Leser" unter Deinem Namen, egal, wie Dein Leben bisher verlaufen ist oder was Du alles geleistet hast. Aber keine Sorge, um Dich kümmern wir uns später, wenn wir hier fertig sind. Nimm es dem Vorsitzenden nicht übel, dass er nichts aus Deinem Leben kennt. Nimm es den übrigen Gremiumsmitgliedern nicht übel, dass sie sich über Dich erhaben fühlen. Du bist das erste Stückchen Wirklichkeit, das sie in ihrer Welt kennen lernen. Und Du bist besser dran als sie, obwohl Du es vielleicht noch nicht ahnst. Oh Moment, der Vorsitzende ergreift wieder das Wort:

„Wie Sie alle wissen, haben wir in einer öffentlichen Abstimmung ein Bild auserkoren, das bei dem Wettbewerb als Thema und Inspiration dienen soll. Unser Praktikant hat es bereits freundlicherweise an die Wand geworfen. Es trägt den Titel „Traumschrott" und stammt von einem uns nicht bekannten Künstler. Nichtsdestoweniger hat es bei den Lesern der Rundschau großen Anklang gefunden."

„Grauenvoll!", sagt die Politikerin Petra Wagenhart. „Wer ist bitte auf die Idee gekommen, ein solches Bild auszuwählen?"

„Es ist in der Auswahl der Rundschau-Leser auf den ersten Platz gekommen."

„Dieses Verfahren halte ich für unsinnig. Also, wenn wir so einen Preis ausschreiben, dann sollte das Thema doch bitte etwas mehr aktuellen Bezug besitzen. Eine Bierflasche, Spritzen, Geldscheine, das lädt doch geradezu zu

Schundliteratur ein! Notieren Sie das sofort! Beim nächsten Mal bestimmen wir!"

Petra Wagenhart zeigt mit dem Finger auf mich, als sie das sagt. Ansonsten würdigt sie mich keines Blickes. Als sie geendet hat, blickt sie streng zu Dir herüber.

„Ich finde es gar nicht so schlecht", sagt der Vorsitzende. „Es steckt viel aktueller Bezug darin, die Müllproblematik zum Beispiel."

„Ich finde es anzüglich", sagt die Schriftstellerin Irina Rosen. „Es steckt so überhaupt nichts Befreiendes darin! Die ganze Struktur ist phallisch! Das ist ja auch mal wieder typisch!"

„Es ist nicht ohne Charme", sagt der Journalist Axel Johann Konner. „Die Gegenstände in der Flasche bilden insgesamt eine thematische Einheit. Aufstieg und Fall, Ruhm und Absturz, ich denke der Künstler ist selbst Musiker."

„Das Bild ist in Ordnung", sagte der Geschäftsmann Ludwig Böhlen. „Ich mache mir mehr Sorgen um den Titel. „Traumschrott" ist so nichtssagend. Was soll man sich darunter vorstellen?"

„Es ist eine Allegorie", sagte Axel Johann Konner. „Die Träume der Gesellschaft versinken im Rausch des Unerfüllbaren. Die Menschen haben Träume, aber ihr Leben gestattet es ihnen nicht, sie zu erfüllen."

„Ja, weil sie zu blöd sind!", sagt Ludwig Böhlen. „Das ist wie beim Höhlengleichnis von Kant."

„Das stammt von Platon", sagt Axel Johann Konner.

„Unverschuldet! Das ist ja wohl das richtige Stichwort", sagt Petra Wagenhart, „die Menschen werden unterdrückt! Warum können denn wohl Frauen in Führungspositionen sich nicht verwirklichen? Und warum verdienen sie weniger?"

„Selbstverwirklichung hat ja wohl nicht nur etwas mit Geld zu tun", sagt Ludwig Böhlen.

„Das müssen Sie gerade sagen!", sagt Irina Rosen. „Mein Mann und ich mussten jahrelang am Existenzminimum leben, bis ich endlich einen Verlag bekam."

„Ich dachte, Sie sind geschieden", sagt Ludwig Böhlen.

„Und ich dachte, dass Sie kein Frauenhasser sind", sagt Petra Wagenhart.

„Meine Damen und Herren", unterbricht der Vorsitzende, „vielleicht sollten wir bezüglich der zwölf Geschichten, die wir lesen wollen, einen Erwartungshorizont formulieren, Kriterien, nach denen wir die Qualität beurteilen wollen. Vielleicht sagen wir einmal der Reihe nach, was wir erwarten. Frau Wagenhart, möchten Sie beginnen?"

Petra Wagenhart blättert entschlossen in ihrem Ordner, zupft sich dann ihre rote Bluse unter der Kostümjacke zu Recht und sagt:

„Also ich denke, dass es bei Literatur immer um ein gesellschaftliches Anliegen der Gegenwart gehen muss.

„Frau Rosen?"

„Für mich kommt es auf den Stil an. Die Sprache muss instinktiv umschreiben, was der Verstand nicht erfassen kann."

„Herr Böhlen?"

„Ich will das Originelle, Individuelle, Einzigartige sehen. Der Autor soll brillante Ideen haben und mich davon überzeugen können."

„Herr Konner?"

„Für mich geht es um die Person des Autors in erster Linie. Sein Leben sollte besonders sein und daraus sollte er schöpfen."

„Das klingt doch gut, haben Sie das notiert?", wendet sich der Vorsitzende an mich. Dass Du gar nicht gefragt wurdest, hat er nicht gemerkt und die vier Versammelten sind froh, dass keiner mit irgendwelchen neuen Ideen kommt.

„Dann verteilen wir jetzt die Manuskripte. Es sind insgesamt zwölf Geschichten. Sie können selbst entscheiden, in welcher Reihenfolge Sie sie lesen. So darf ich mich herzlich für Ihr Engagement bedanken. Wir sehen uns in ein paar Wochen zur nächsten Sitzung."

Ich gehe um den Tisch herum und lege jedem einen in einer Klarsichthülle verpackten Stapel Papier auf seinen Platz. Du steckst das Manuskript weg und gehst wenig später aus dem Sitzungszimmer. Von nun an besteht diese Geschichte aus Deinem Lesen. Egal, wo Du es tust, egal, ob Du liest oder zwischendurch etwas anderes machst, alles ist Teil dieser Geschichte. Du lebst sie und sie umgibt Dich, bis Du am Ende des Buches angekommen bist, dann schreiben wir sie gemeinsam zu Ende. Diese Geschichte wird damit nicht weniger Realität als alles, was Dich sonst umgibt und wesentlich mehr als das, was Dir täglich als Wirklichkeit präsentiert wird. Sie erfüllt so jenen Satz voll und ganz, der in der werbenden Filmwirtschaft zu einem Klischee geworden ist. Es ist: „Eine wahre Geschichte" …

Der Prinz

Zum Abendessen gab es feinen Lachs im Sesammantel auf Erbsenpüree und Zuckerschotenstroh, dazu kleine Pasteten, als Vorspeise eine Linsensuppe und als Dessert eine Crème Brûlée. Die Haushälterin Daisy, die glücklicherweise ganz hervorragend kochen konnte, polierte noch die letzten Weingläser und stellte sie akkurat neben das nach alter Sitte angeordnete Silberbesteck. Sie war noch jung, gerade einmal zweiundzwanzig Jahre, und sie kam dreimal pro Woche zum Stadtrat und Kulturdezernenten Willi Fleischmann, vorzugsweise an jenen Tagen, an denen er seine kleinen Gesprächsrunden abhielt, zu denen er „allerlei vortreffliches Gesindel" einlud, wie er selbst zu sagen pflegte. Daisy ging nur noch notwendigerweise in das Zimmer, sobald die Herrschaften erschienen, obwohl sie im Ansehen des Besuches gut stand. Das lag vornehmlich an einem Zwischenfall, der sich zu Beginn des Jahres ereignet hatte. Die Herren besprachen die kulturhistorische Bedeutung der Bemühungen um die erneuerbare Energie und kamen zu einem mittelmäßigen Ergebnis. Der Argumentation lauschend hatte sich Daisy lange Zeit zurückgehalten, bis es schließlich aus ihr herausbrach, dass die Umwelt ja nun wohl das Wichtigste sei und, sofern sie zerstört werden würde, sich auch niemand mehr um die kulturgeschichtliche Bedeutung scheren müsse, da dann alles, wie sie sich ausdrückte, „im Arsch" sei. War es wohl mehr ihre Ausdrucksweise als der Inhalt, was die versammelten Herrschaften amüsierte, so hatte sie sich doch nicht ernst genommen gefühlt und war seither recht reserviert gegenüber den Gesellschaften dieser Abende.

„Ja, unsere Daisy hat uns immer noch nicht verziehen", lachte Richter Pfauenstein, als Daisy, wie üblich den Blick gesenkt und keine Worte machend, das Zimmer verlassen hatte.

„Vielleicht sollten wir sie einmal zur Rede stellen", sagte der Generaldirektor der Stadtwerke, Heinz Grundlach, und schwenkte das Kognakglas mit der Hand im Kreis.

„Nein, nein", sagte Willi Fleischmann, „dann müssten wir sie ja davon überzeugen, dass unser Standpunkt ein rein intellektueller war und was sollte sie damit anfangen? Bewahren wir ihr ihren trotzigen Idealismus. Vielleicht wird er uns tatsächlich die Welt retten. Von solchen Menschen gibt es nicht viele."

„Da muss ich Ihnen widersprechen", sagte der Richter, „die Jugend ist von je her in ihrem Wesen idealistisch geprägt. Das ändert sich mit zunehmendem Alter und zunehmender Reife wie die Farbe des Haares.

„Wenn Sie mich fragen, mein lieber Richter", sagte Heinz Grundlach, „ist das, was Sie beschreiben, nichts anderes als die Bequemlichkeit des Alters. Wir, meine Herren, haben uns einfach mit der Welt, so wie sie ist, abgefunden. Deshalb werden wir sie auch nicht ändern, selbst wenn sie es nötig hat. Das ist keine Frage der Reife."

„Oh doch", sagte der Richter, „die Jugend beobachtet die Welt und sieht zunächst einmal das Schlechte und das Falsche, was passiert. Sie strickt einfache Kausalketten, nach denen die Schuldigen der Miseren zumeist in den Einflussreichen zu suchen sind, die ihrer Ansicht nach aus purem Eigennutz den Status Quo mit allen Mitteln verteidigen. Die Jugend spricht dann von Ungerechtigkeit und Unterdrückung. Erst mit dem Alter lernt jeder Mensch, dass die Welt nun einmal an und für sich aus Oben und Unten besteht und kommt dazu, beide Perspektiven in Augenschein zu nehmen. So ist diese Haltung geradezu ein konstitutives Merkmal des Erwachsenwerdens."

„Sie halten also den Umstand, dass man seinen Idealismus verliert, für ein Zeichen von Reife?", fragte Grundlach.

„Unbedingt", sagte der Richter, „denn je älter und aufgeklärter der Mensch wird, desto mehr kommt er zu der Ansicht, dass vielleicht der Ist-Zustand nicht optimal ist, die Alternativen jedoch realistischerweise die gleichen, wenn sie nicht gar noch größere Unannehmlichkeiten mit sich bringen. Die Geschichte des Kommunismus hat das mehr als eindringlich gezeigt."

„Der Kommunismus ist, wenn Sie mich fragen", sagte Willi Fleischmann, „kein Beispiel dafür, dass Idealismus und Relativismus Zeichen vom Stand der Reife eines Menschen sind. Vielmehr zeigt sich in dieser Geschichte, wie leicht es für Relativisten, zu denen ich die Nihilisten und die Fatalisten gerne hinzuzählen möchte, ist, mit den Idealen von Menschen zu spielen und sie für ihre eigenen Zwecke auszunutzen."

„Möchten Sie damit sagen, dass es geborene Idealisten und geborene Relativisten gibt?", fragte Grundlach.

„Ich möchte Ihnen beiden widersprechen", sagte Willi Fleischmann, „Relativismus und Idealismus sind kein Zeichen von Reife oder Bequemlichkeit des Alters. Vielmehr ist es so, dass der Relativismus eine zerstörerische Wirkung auf den Idealismus hat und dass es dem Menschen sehr schwer fällt, seine Ideale gegen diese feindliche Einwirkung wirksam zu verteidigen. Das Grundübel ist, so möchte ich einmal sagen, der Zweifel an den eigenen Idealen und dergestalt wie eine infektiöse Krankheit, die unvermittelt den Geist befällt. Man begegnet ihr tatsächlich wie einem Erreger überall und kann jederzeit, auch in den arglosesten Momenten, davon befallen werden. Ich will Ihnen da eine Geschichte erzählen, die meiner Ansicht nach diesen Umstand treffend illustriert."

Fleischmann ging zu einem gläsernen Servierwagen und goss sich einen Kognak ein. Dann setzte er sich in einen braunen Ohrensessel und zündete sich seine Pfeife an.

„Sie kennen sicherlich alle", begann Fleischmann, „den Bankier Prinz, dem die größte Privatbank hier in der Umgebung gehört."

„Sicher", antwortete Gerlach, „sein Ruf eilt ihm ja voraus. Außerdem bemüht sich seine Bank um die Finanzierung unseres neuen Werks."

„Natürlich", sagte Richter Pfauenstein, „ich habe gerade auch beruflich mit ihm zu tun."

„Dann wissen Sie wohl auch, dass er ein Mann ist, für den, will man den Erzählungen glauben, die Bezeichnung ‚Menschenschinder' erfunden worden ist. Ich persönlich hatte nur einmal mit ihm zu tun, was bei Weitem genügte, und bin seither froh, wenn sich unsere Wege bis zum Ende aller Tage nicht mehr kreuzen. Er erzieht sich seine Mitarbeiter zu einer Gruppe von Günstlingen und Denunzianten, belohnt jene, die sein willkürliches Temperament mit schmeichelnder Demut ertragen und bestraft die, welche sich aus ihrer anständigen Natur heraus weigern, Kunden zu übervorteilen, und welche gewissenhaft arbeiten, anstatt ihre Dienstzeit mit der Überwachung ihrer Kollegen zu verbringen. Die leitenden Positionen besetzt er mit den faulsten und nutzlosesten Sprösslingen einflussreicher Politiker und versichert sich so ihrer Gunst, so dass sie, wo es geht, betonen, er sei ein ehrenhafter Mann und ihm nebenbei die lohnenswertesten Geschäfte aus öffentlicher Hand zuspielen. Kurzum, der Erfolg seines Geschäftes beruht allein und in Gänze auf einem feudalen Netz von Abhängigkeiten. Nun werden Sie mir zustimmen, dass diese Strategie eines Charakters widerlichster Natur bedarf und es ist die allgemeine Überzeugung, dieser Mensch sei von Geburt an so gewesen und habe sich Zeit seines Lebens nicht verändert. Dem ist nicht so. Vielmehr erzählte mir ein Kollege die Geschichte, Prinz sei in seiner Jugend ein aufrichtiger und herzensguter Mensch gewesen und es habe letztlich nur einer einzigen Begegnung – und zwar mit dem alten Kergens – bedurft, um ihn in den Schinder zu verwandeln, der er heute ist."

Und dann erzählte Fleischmann die Geschichte vom Bankier Christian Prinz und seiner schicksalhaften Begegnung.

Der alte Kergens hatte seine berufliche Laufbahn bereits hinter sich gelassen. In der Gemeinde nannte man ihn heimlich den „Rügen-Baron", doch niemand hätte sich getraut, das offen auszusprechen. Wenn er durch die Straßen ging, auf dem Weg zu einer Verabredung, denn für alles andere hatte er seine Lakaien, hätte man ihn wegen seines energischen Schrittes, seines Gehrocks, Spazierstocks und Zylinderhuts gleichsam für ein Abbild des von Charles Dickens beschriebenen Ebenezer Scrooge halten können. Doch war er kein unfreundlicher, Freuden hassender alter Kauz. Im Gegenteil besaß er bei allem, was er tat, eine besondere Zuvorkommenheit. Er war charmant, höflich und auf Empfängen und Bällen gab er sich gerne als einen erfahrenen Weltmann, dem trotz seiner direkten Art eine gewisse zeitlose Klasse nicht abzusprechen war.

Was er mit dem weihnachtlichen Geisterseher aus der romantischen Literatur gemeinsam hatte, war die Liebe zu Geld und Besitz. Sein Vermögen vermehrte er mit dem Immobilienhandel, vornehmlich auf den deutschen Inseln. Mit der Zeit kaufte er auch in seiner Heimat immer mehr Grundstücke und baute sich auf einem Hügel über der Stadt ein herrschaftliches Anwesen, in das er jene einlud, die er für seine Zwecke auszunutzen gedachte. Wurde jemand als Gast bei ihm Zuhause empfangen, so sah er bei der Ankunft nur ein großes schwarzes Gittertor mit einem geschwungenen K auf seiner Spitze und einen kopfsteingepflasterten Weg, der bis zu einem mächtigen Springbrunnen vor dem herrschaftlichen Anwesen führte. Der Alte liebte Springbrunnen und man sagte, dies habe den

Grund, dass der Springbrunnen die Illusion einer unendlichen Quelle verbreite, während er doch nur immer wieder dasselbe Wasser aus seiner Pumpe spie und dies sei genau die Art von Trick, mit dem der Rügen-Baron sein Vermögen gemacht hätte.

Eben jenen Springbrunnen bekam eines Tages auch ein junger Mann zu sehen, der mit einem ganz bestimmten Anliegen vorsprechen wollte. Er hieß Christian Prinz und war der ganze Stolz seiner Eltern. Aus einfachen Verhältnissen stammend, hatte er es aus eigener Kraft bereits kurz nach dem Studium zu einem beträchtlichen Vermögen gebracht. Er war Besitzer verschiedener Firmen und in Sachen Mitarbeiterführung entwickelte er ein Konzept zur Steigerung der Arbeitseffizienz, das darauf abzielte, die Mitarbeiter durch einfache Maßnahmen zur Verbesserung ihrer Arbeitsverhältnisse zu motivieren und an das jeweilige Unternehmen zu binden. Christian Prinz galt daher allenthalben als ausgesprochener Menschenfreund und hatte bereits in seinen jungen Jahren eine Stiftung gegründet, die Kindern aus ärmlichen Verhältnissen den Schulbesuch und sogar ein Studium finanzierte. Darüber hinaus engagierte er sich für die Speisung von Notleidenden und sammelte Spenden für Kultureinrichtungen, denn er war selbst von schöngeistiger Natur.

Nun hatte sich der junge Mann ausgerechnet in Viktoria verliebt, die Tochter des Rügen-Barons. Die beiden wollten heiraten. Als der Alte davon erfuhr, soll seine Wut über diesen Emporkömmling, der in seine Familie einheiraten wolle, groß und schrecklich gewesen sein. Viktoria war daraufhin weggelaufen, zu Christian, und hatte sich geschworen, nie wieder etwas mit ihrem Vater zu tun haben zu wollen. Ihr Verlobter redete gütlich auf sie ein, sie solle nicht mit ihrer Familie brechen, man würde sich schon irgendwie einigen und es sei immer schwierig für einen Mann, seine Tochter einem anderen zu geben. Er würde noch einmal mit ihm reden wollen. Da kam es zum Streit zwischen den beiden, denn Viktoria wollte unter allen Umständen verhindern, dass dieses Gespräch stattfindet. Ihr Vater sei ein hinterlistiger, gemeiner alter Mann, tobte sie, der ihm bestimmt mit irgendwelchen Tricks die Heirat ausreden wolle. Umso energischer wurde ihre Gegenwehr, als ein paar Tage später eine hochoffizielle Einladung des Rügen-Barons an seinen „zukünftigen Schwiegersohn" erging, in der herzlich und in betont freundlicher Manier um eine Aussprache gebeten wurde. Christian freute sich, sah er doch einem einvernehmlichen Ende dieser unangenehmen Situation entgegen, doch Viktoria schrie umso heftiger, dass dies nur ein Trick ihres Vaters sei. Alles Flehen half nichts. Christian fuhr am nächsten Tag zu dem Kergens-Anwesen und nachdem er sein Auto neben dem Springbrunnen geparkt hatte, wurde er von einem Bediensteten in den Salon des Hauses geführt, wo ihn der Alte bereits erwartete.

„Nehmen sie doch einfach reichlich Platz!"

„Vielen Dank. Es ist für mich eine ungewohnte Situation."

„Selbstredend, für mich auch, mein Lieber. Aber ich finde es gut, dass wir uns jetzt kennenlernen. Schließlich sind wir wohl in ein paar Wochen Verwandte. Was nehmen Sie?"

„Wenn Sie erlauben, ein Kaffee wäre mir schon sehr recht."

„Machen Sie sich mal keine Sorgen, natürlich ist das Beste jetzt ein Kaffee. Sie sollen ja auch ein bisschen ans Reden kommen."

„Ja, ich denke schon, dass wir uns viel zu erzählen haben."

„Haben Sie meinen neuen Mercedes draußen gesehen?"

„Ich habe direkt dahinter geparkt."

„Was fahren Sie?"

„Einen Audi"

„Ach, sie meinen die Mercedes K-Klasse. Das steht für Kreisklasse, hahaha!"

„Ja, das höre ich öfter."

„Wissen Sie, um mal anzufangen, wie ich höre, engagieren Sie sich sehr für wohltätige Zwecke."

„Ja, ich denke, dass Geld auch Verantwortung bedeutet."

„Das ist sehr richtig, mein Freund. Aber ich habe mich bereits informiert und muss Ihnen sagen, dass Sie das völlig falsch angehen."

„Wie kommen Sie darauf?"

„Es ist Ihre jugendliche Naivität, mein Bester. Seh'n Sie, sie verhelfen Kindern aus den so genannten ,armen Verhältnissen' zu einer Schulbildung. Das sieht erst einmal gut aus und verschafft Ihnen hohes Ansehen. Aber woher wollen Sie wissen, wer Ihre Hilfe wirklich braucht?"

„Davon überzeuge ich mich selbstverständlich persönlich. Ich besuche die Kinder sogar zuhause und sie leben wirklich in ärmlichen Verhältnissen."

„Und Sie glauben, dass Sie auf diese Art einen guten Eindruck gewinnen? Haben Sie noch nie etwas davon gehört, dass Eltern ihre Kinder absichtlich verwahrlosen lassen, um an Ihr Geld zu kommen?"

„Warum sollten sie das tun?"

„Ich will Ihnen ein Beispiel geben, mein Guter. Stellen Sie sich zwei Bettler vor, die nebeneinander auf der Straße sitzen. Der eine ist ordentlich angezogen, gepflegt und gesund, der andere sieht krank und verwahrlost aus. Wer, glauben Sie, verdient an einem Tag mehr Geld?"

„Nun, wahrscheinlich der, der verwahrlost aussieht."

„Seh'n Sie? Aber da die Bettler das wissen, werden sie sich bemühen, möglichst verwahrlost auszusehen, um mehr Geld einnehmen zu können. Vielleicht schreien und jammern Sie auch und erzählen Ihnen Geschichten, wie ungerecht die Welt zu ihnen ist. Auf diese Weise bekommen nur diejenigen Hilfe, die sich darauf verstehen, möglichst laut zu jammern und möglichst ärmlich auszusehen. Die es wirklich nötig haben, gehen leer aus und Ihr Geld ist verschwendet."

„Ich bin nicht sicher, aber ich denke, das kann ich unterscheiden."

„Denken Sie nur, mein Bester. Sie werden sehen, dass ich Recht habe. Übrigens gilt das ebenso für Ihre Unternehmen."

„Wieso, was ist mit denen?"

„Soweit ich weiß, reden Sie sich ein, dass Mitbestimmung und die Verbesserung der Arbeitsverhältnisse für eine Steigerung der Effizienz sorgt."

„Nun, das liegt meiner Meinung nach auf der Hand. Ein glücklicher Mitarbeiter ist ein fleißiger Mitarbeiter."

„Und schon wieder denken Sie zu kurz, mein Freund. Sicher, Sie haben mit Ihrem Konzept eine Menge Geld verdient. Aber es funktioniert trotzdem nicht. Das Dilemma ist doch schlicht und ergreifend, dass jedes Unternehmen, jede Gesellschaft, einfach alles, ein Korpus ist, von dem gewisse Teile denken und gewisse Teile handeln. Glauben sie, es wäre gut, wenn die Hand mit dem Gehirn diskutierte, bevor sie eine Bewegung macht, der Magen zunächst das Wort „voll" definiert haben wollte, bevor er entscheiden kann, ob er es ist oder nicht? Ein Mensch wäre mit Sicherheit nicht bis an die Spitze des Mount Everest gelangt, wenn er auf seine Füße gehört hätte."

„Aber mein Konzept funktioniert. Dafür kann ich Ihnen etliche Beispiele nennen."

„Das glaube ich Ihnen gerne, mein Bester. Aber seh'n Sie, ihre Unternehmen, wissen Sie eigentlich, warum die erfolgreich sind? Die Geschäftsführer können mit Ihrem Namen stets neue Mitarbeiter anwerben und weil die Nachfrage so hoch ist, können sie auch jeden jederzeit wieder entlassen. Glauben Sie mir, ich kenne mich in den Kreisen aus. Die Verbesserungen werden aus Gehaltskürzungen finanziert und wenn Sie kommen, kriegen sie eine Mannschaft vor Einschüchterung lächelnder Arbeiter vorgesetzt, die in vorher hergerichteten Räumen warten, welche sonst von keinem Menschen betreten werden. Das übrige Geld streichen Ihre Geschäftsführer ein. In diesen Kreisen lacht man über Sie, hinter vorgehaltener Hand versteht sich."

„Das glaube ich nicht!"

„Wie Sie meinen, aber seh'n Sie, ich meine es gut mit Ihnen. Ich sage Ihnen nur, wie es ist und Sie werden sehen, dass ich Recht habe. Aber lassen wir das. Es geht ja auch schließlich um Sie und meine Tochter. Seh'n Sie, sie rebelliert nur. Es geht Ihr gar nicht darum, Sie zu heiraten."

„Das stimmt nicht! Wir lieben uns und Sie werden es mit Sicherheit nicht schaffen, einen Keil zwischen uns zu treiben!"

„Sind Sie schon verheiratet gewesen, bevor sie meine Tochter kennengelernt haben?"

„Nein."

„Aber Sie hatten Beziehungen?"

„Ja, natürlich."

„Ist eine von denen noch intakt?"

„Wie meinen Sie das genau?"

„Na, ich meine, ob alle Ihre Beziehungen vorbei sind?"

„Selbstverständlich, sonst wäre ich wohl nicht mit Ihrer Tochter verlobt."

„Würden Sie daher sagen, dass Sie bisher immer versagt haben?"

„Nun, ich …"

„Seh'n Sie. Sie haben sich immer Illusionen gemacht und machen es bis heute. Mit Ihrer Wohltätigkeit, mit Ihrem Beruf, mit Ihren Beziehungen. Das ist Ihr ganzes Problem. Sie leben in einer Traumwelt. Sie glauben, Sie wüssten um Ihre Situation, doch eines Tages werden Sie merken, dass sie mit Allem falsch lagen. Hoffentlich ist es dann noch nicht zu spät. Die Welt ist nicht so, wie Sie glauben, aber sie suggeriert es Ihnen, um daraus ihren eigenen Nutzen zu ziehen. Meiner Tochter geht es nicht um Sie. Sie will nur rebellieren. Glauben Sie mir, ich kenne sie. Früher habe ich ihr Spielzeug gekauft, wenn sie es wollte, aber sie wollte es nie lange. Sie wollte nicht mehr reiten, als sie ein Pferd hatte. Wenn ich ihr Saphire geschenkt habe, wollte sie Rubine. Sie ist total verzogen und das ist meine Schuld. Sobald Sie sie geheiratet haben, werden Sie uninteressant. Machen Sie nur weiter so, aber Sie werden sehen, dass ich Recht habe."

Wenig später verließ Christian Prinz das Anwesen, ohne dass noch viele Worte gewechselt wurden. Als er zu Viktoria kam, erzählte er von dem Gespräch. Sie war außer sich vor Zorn über ihren Vater und bestand darauf, sofort die Hochzeit zu planen. Prinz hingegen zögerte und so kam es zu einem Streit zwischen ihnen, dem schließlich die Trennung folgte.

Auch besuchte er einige seiner Unternehmen, die sein Konzept umgesetzt zu haben vorgaben. Ihm kamen mit einem Mal die Mitarbeiter nervös vor, die Umstände zu perfekt und obwohl es keine Veranlassung gab, empfahl er einige Korrekturen in seinem Konzept. Da er den Geschäftsführern ebenso wenig vertraute, installierte er einige Kontrollmechanismen, die so teuer und zeitaufwendig waren, dass ein Geschäft nach dem anderen Pleite ging. Aus Sorge um seine finanzielle Situation stellte er seine wohltätigen Aktivitäten unter dem Vorwand ein, das Geld würde nicht richtig verwendet und begünstige nur die Faulen und Müßiggänger. Mit seinem Privatvermögen baute er sich dann seine Bank auf und ging fürderhin dazu über, nur noch an seinen eigenen Nutzen zu denken.

✧ ✧ ✧

„Sie sehen also", endete Fleischmann seine Erzählung, „der Idealismus wird jederzeit vom Relativismus bedroht. Prinz war einst der glühendste Idealist, doch ließ er sich durch Mutmaßungen und Spitzfindigkeiten verunsichern, so dass letztlich – als eine Art selbsterfüllende Prophezeiung – alles so kam, wie der alte Kergens ihm suggerierte. Mit Reife hatte das nichts zu tun."

„Erstaunlich", sagte Grundlach, „ich hätte nicht gedacht, dass ein Mensch sich so verändern kann. Aber daran sieht man ja, man weiß erst wirklich, einen Menschen und sein Verhalten einzuschätzen, wenn man seine Motive und seine Geschichte kennt."

„So etwas passiert", sagte Pfauenstein, „in meiner Position, glauben Sie mir, da erlebe ich das regelmäßig. Die ehrlichsten Menschen werden durch irgendein Ereignis zum Verbrecher. Wenn ich mir da nicht meinen Idealismus bewahren könnte, wäre ich falsch in meinem Beruf."

„Wenn Sie mich fragen", sagte Fleischmann, „so lehrt uns diese Geschichte, dass wir nicht aufhören sollten, an das Gute im Menschen zu glauben. Denn wenn wir nicht mehr daran glauben, dann wird die Welt wirklich schlecht. Der Relativismus behält erst dann Recht, wenn wir aufhören Idealisten zu sein."

„Dem stimme ich zu", entgegnete Grundlach.

„Ein gutes Schlusswort", sagte der Richter, „also, mein lieber Fleischmann, herzlichen Dank für den vortrefflichen Abend. Ich empfehle mich."

„Ich mich ebenfalls", sagte Grundlach, „aber glauben Sie mir, diese Geschichte wird mich noch beschäftigen."

Daisy kam mit den Mänteln ins Zimmer und kurze Zeit später verließen Richter Pfauenstein und der Generaldirektor Grundlach das Haus des Stadtrates. Fleischmann saß einige Augenblicke, genüsslich seine Pfeife paffend, im Sessel. Dann ging er zum Telefon und wählte.

„Hallo, guten Tag Herr Prinz. Ja, ich habe diese Geschichte erzählt, genau wie Sie gesagt haben. Es hat funktioniert. Ja, ich danke Ihnen. Die Grüße werde ich meinem Sohn bestellen. Auf Wiedersehen."

Fleischmann legte auf und lächelte zufrieden. Dann hob er den Kopf und rief:

„Junge, gute Nachrichten! Du bist befördert!"

Das Idol

In der Nacht war es kälter geworden. Es hatte gestürmt, nicht viel, aber genug, um Martin die knisternden Zweige und den rauschenden Wind hören zu lassen, als er mit offenen Augen im Bett lag. Er war um fünf Uhr wach geworden, weil es so sein sollte. Nun stand er in der Küche. Wie Tennisbälle zwei gekochte Eier in seiner Faust haltend schritt er, von den schwarzen und weißen Schatten der Fliesen geblendet, zum Tisch.

„Ich weiß nicht, was ich wollte, noch was ich will!", sagte er.

Durch das Küchenfenster fielen die Schatten von zwei Begonien in den Raum. Martin suchte nach Augen. Er wankte vor dem Tisch leise hin und her. Martin war schlaksig, aber nicht übermäßig groß. Die schwarze Jogginghose schlabberte an seinem Hinterteil herab und ließ es fast verschwinden. Das strahlend weiße Unterhemd versuchte an verschiedenen Stellen dem Hosenbund zu entfliehen. Über seine schmalen Schultern hatte er einen Bademantel gelegt. Schütteres Haar zierte seinen Schädel, tiefe, schwarze Brauen bewachten die Augen in ihren Höhlen.

„Die Milch! Die Milch wolltest Du holen und Du willst jetzt frühstücken, damit Du wieder auf den Damm kommst", sagte Luise.

„Natürlich", antwortete er mit tiefer, brummender Stimme.

Luise saß in ihrem roten Kimono am Tisch und aß ihr erstes Brötchen.

„Hast Du Dich gefreut, als ich gestern vorbeikam?",
fragte sie.

„Natürlich. Sollte ich nicht?"

„Du tust es hoffentlich. Aber Du hast so viel geredet
gestern Abend."

„Als Du kamst, hatte ich auch schon eine Flasche Wein
getrunken. Ist die Stimmung manchmal."

„Ich habe da auch nix gegen."

Luise schien zu frohlocken.

„Vom Kuscheln wirst Du immer nur geil!", sagte sie.

„Was beschwerst Du Dich? Man kann auch hinterher
kuscheln."

„Aber dann bist Du sofort eingeschlafen."

Martin tat das Denken weh.

„Können wir jetzt was essen?"

„Ich esse schon die ganze Zeit."

Luise kaute vergnügt. Ihr genügte es, dass Martin auf
ihre Kommentare reagierte. Er setzte sich zu ihr an den
Tisch. Mit jedem Bissen Brot und jedem Schluck Kaffee
wurde er lebendiger. Seine Augen vergrößerten sich, sein
Gesicht wurde freundlicher.

Nach einiger Zeit schmunzelte er und sagte:

„Ich hatte als Kind einen fürchterlichen Traum. Einige
Male sogar. Ich träumte, dass ich nachts spazieren ginge
und zwar zu den Grünanlagen mit dem kleinen Weiher in
der Mitte. Ich ging ans Ufer, ein Frosch sprach mich an
und wollte wissen, wer ich bin und woher ich komme. Ich
erzählte ihm alles und er sagte mir, dass auf dem Grund des
Sees ein Goldschatz verborgen wäre. Ich könnte den Schein

des Goldes sehen, wenn ich mich recken würde. Als ich dies daraufhin tun wollte, sprang der Frosch mir ins Gesicht und zerrte mich in den Weiher. Es folgte ein Kampf auf Leben und Tod. Nur mit letzter Kraft kam ich zurück ans Ufer. Nachdem ich einige Meter vom Wasser weg war, fing mein Arm an zu jucken, doch als ich kratzen wollte, durchstieß mich ein fürchterlicher Schmerz, als wenn Dir jemand mit dem Finger ins Auge sticht. Ich schob den Ärmel hoch und sah, dass mir ein blindes Auge im Arm gewachsen war. Ich spürte den Wimpernschlag, wenn es blinzelte. Dann begann meine Haut an ganz vielen Stellen meines Körpers zu jucken und überall öffneten sich Augen; ihr dauernder Wimpernschlag trieb mir einen bitterkalten Schauer durch den Körper. Sie waren alle blind. Dann bin ich aufgewacht."

„Und?", fragte Luise, während sie sich noch ein Brötchen schmierte.

„Nun, ich musste heute irgendwie daran denken. Ist das nicht komisch? Ich hatte den Traum eigentlich völlig vergessen."

„Das ist vielleicht, weil Du aufgeregt bist. Kein Wunder, heute ist schließlich der große Tag, Dein großer Tag."

„Ja, ich hätte gestern Abend nicht so viel trinken sollen."

„Nur ein wenig zur Beruhigung. Ich bin so stolz auf Dich!"

Luise stand auf und umarmte ihn.

„Du wartest schon so lange", sagte sie, „zu lange, wenn Du mich fragst. Alle haben immer gesagt, dass Du Talent hast, aber so etwas lässt sich ja leicht sagen, wenn die Leute selbst nichts damit zu tun haben. Eine wirkliche Chance hast Du nie bekommen."

„Bis heute."

„Ja, bis heute. Und Du hast sie Dir so sehr verdient!"

„Glaubst Du, ich soll irgendwas sagen? Erwarten die eine Rede oder so etwas?"

„Vielleicht. Aber dann bedankst Du Dich nur höflich bei allen, die Dir geholfen haben. Man erwartet Bescheidenheit in solchen Augenblicken."

„Ach du meine Güte, wo soll ich denn da anfangen? Bei den Organisatoren der Ausstellung? Bei meinem Professor von früher? Bei meiner Mutter, weil sie mich geboren hat?"

„Naja, bei Deinen Eltern kannst Du Dich schon bedanken. Sie haben Dich immer unterstützt."

„Ja, das stimmt. Sie haben mich immer mit Zeichenutensilien, Farben, ach einfach mit allem, ausgestattet, sobald ich es brauchte. Sogar Entschuldigungen für die Schule haben sie mir geschrieben, wenn ich zu beschäftigt mit Malen war."

Luise lachte.

„Ja, dabei hättest Du sie gar nicht gebraucht. Hast Du mir nicht erzählt, dass schon Deine Lehrer sagten, Du hättest eine besondere Begabung?"

„Ja, eigentlich hat das jeder gesagt. Die wollten auch schon damals für mich eine Ausstellung machen, aber das ist nie zustande gekommen. Klar, war ja auch eine verrückte Zeit. Einmal hatte ich sogar schon alle meine Bilder gesammelt. Ein Lehrer wollte sie einem Galeristen zeigen, mit dem er befreundet war. Tagelang hat er davon gesprochen, doch als ich mit meinen Bildern zu ihm kam, war er weg, umgezogen oder so. Jedenfalls habe ich nie wieder etwas von ihm gehört."

„Dann war er auch nicht der Richtige. Glaub mir, wenn man Talent hat, trifft man ständig auf Leute, die einem das Blaue vom Himmel versprechen. Aber letztlich muss jeder hart arbeiten, um erfolgreich zu sein. Und das hast Du ja auch getan."

Martin stand auf und goss sich einen Kaffee ein. Er ging langsam, fast nachdenklich und schüttete bedächtig Milch in seine Tasse. Dann sah er auf ein Bild, das ihn Hände schüttelnd mit einem Mann im Anzug zeigte. Er schaute es verträumt an.

„Damals, als mich der Willi empfangen hat, in der Akademie. Da dachten alle schon, das wäre der große Durchbruch. Aber sein Nachfolger mochte mich nicht. Der wollte hauptsächlich Filme fördern und er war immerhin fast zwanzig Jahre im Amt."

„Nun haben sie ja einen vernünftigen, nicht so einen Sturkopf, der meint, er könne machen, was er will. Es ist wirklich furchtbar, wie sehr man heutzutage von solchen Leuten abhängig ist. So wird großes Talent sinnlos verschwendet. Was hättest Du nicht alles machen können, wenn Du die Zeit gehabt hättest, wenn man Dich vernünftig gefördert hätte?"

„Lass uns nicht an so etwas denken."

„Du hast Recht. Wir wollen nicht verbittert sein."

Martin nahm Luise in den Arm.

„Außerdem, wer weiß, ob wir uns dann jemals kennengelernt hätten?"

„Ach, das wäre schon irgendwie passiert."

Luise küsste ihn und streichelte über seine Wange.

„Ich weiß nicht, wie ich das in der letzten Zeit ohne Dich geschafft hätte. Und ich bin so froh, dass Du nun mit dabei sein kannst. Weißt Du noch? Ich war bei dieser Vernissage und Du kanntest eines meiner Bilder. Du warst an diesem Tag die Erste, die mir sagte, dass es gut sei und hast mich dann sogar noch interviewt für Dein Magazin. Ich habe den Artikel immer noch."

„Ja, das war eine spontane Eingebung. Die Vernissage war so langweilig, Du warst das einzig Interessante dort. Es war Dir ja fast peinlich, als ich Dein Bild so gelobt habe. Ich fand das sehr süß. Da musste ich Dich einfach näher kennenlernen."

„Ich war es eben nicht gewohnt."

„Nun, daran wirst Du Dich von jetzt an gewöhnen müssen."

Luise küsste ihn noch einmal und sah ihm tief in die Augen. Sie glänzten, während sich eine Träne aus dem Augenwinkel befreite.

„Ich weiß nicht, vielleicht verstehen die Menschen meine Kunst auch gar nicht. Ich habe nicht das Gefühl, dass diese Art von Systemkritik im Moment so hoch im Kurs steht."

„Aber gerade deswegen sind Deine Werke ja so wichtig. Im Moment scheint einfach jeder an den Kapitalismus zu glauben. Sie geben es zwar nicht zu, aber warte ab, sobald sie selbst davon profitieren, werden sie auch nur noch gut darüber reden und alles andere verfluchen. Es wird einfach Zeit, dass jemand dagegen aufsteht und schonungslos zeigt, wie grausam und unmenschlich dieses System ist.

„Aber was kann Kunst da schon bewirken?"

„Viel! Sie kann die Menschen wachrütteln. Die meisten lassen sich von den Strömen der Gegenwart mitreißen, glauben das, was alle erzählen. Und wie schnell glaubt ein Mensch, dass die Meinung, die ihm ein Anderer eingeflüstert hat, seine eigene ist. Außerdem wird das alles gesteuert, von denen, die davon am meisten profitieren, den Konzernen, den Regierungen, glaub mir, wir können froh sein, dass es uns noch nicht erwischt hat."

Martin ließ Luise los und ging zur Küchenanrichte, auf der ein farbiger Katalog lag. Er nahm ihn auf und blätterte darin. Bei einigen Seiten hielt er inne, runzelte die Stirn. Luise schlenderte tänzelnd zur Kaffeemaschine, füllte den Wassertank und schöpfte mit einem Löffel das Pulver in den Filter. Dabei summte sie leise ein Lied vor sich hin.

„So langsam wird es Zeit", sagte sie. „Du solltest Dir was Vernünftiges anziehen. Im Bademantel würde ich da nicht auftauchen."

Martin schwieg und starrte auf den Katalog. Plötzlich packte er ihn, zerriss ihn mit einem Ruck und warf ihn in von sich. Dann setzte er sich an den Tisch. Die Hände schlug er vor das Gesicht.

„Verdammt, ich kann das nicht! Die ganzen Jahre! Die ganze Arbeit! Dieses ständige Hoffen und Bangen! Verdammt nochmal, was ist, wenn etwas schief geht? Wenn sie es alles schlecht finden? Was ist, wenn keiner kommt? Wenn es keinen interessiert? Wenn es keinen interessiert, dann bin ich für immer draußen! So ist das doch, oder?"

Luise drehte sich um und sah auf Martin. Sie stellte die Kaffeemaschine an, ging zu ihm und legte ihre Hand auf seine Schulter.

„Das wird schon. Glaub mir, die Zeit ist reif."

„Ach was, ich kenne das doch. Bei mir war es immer so. Es ergab sich eine Möglichkeit und letztlich ist es aus irgendeinem Grund schief gegangen. Das ist mein Leben. Ich bin nicht dafür geschaffen, wahrscheinlich soll es einfach nicht sein!"

„Martin, es ist völlig normal, dass Du jetzt nervös bist. Du hast Dein ganzes Leben auf diesen Moment gewartet, hast gearbeitet, nie aufbegehrt, bist immer bescheiden geblieben, anstatt ständig zu tönen, was für ein toller Künstler Du doch bist. Glaub mir, so etwas zahlt sich im Endeffekt immer aus. Letztlich bekommt jeder dafür die verdiente Belohnung."

„Glaubst Du?", fragte er und schaute sie an.

„Ich glaube es nicht nur. Ich weiß es. Wenn Deine Bilder erst einmal der Öffentlichkeit präsentiert werden, wirst Du das Idol einer ganzen Generation. Die Menschen werden davon träumen, so zu sein wie Du. Ich meine nicht die Leute heute, ich meine die von morgen, die sehen, was in dieser Welt nicht stimmt, die merken, dass man sich nicht von Geld und Macht, von Kapital und Besitz regieren lassen kann, dass man sich wehren muss und dass sie diejenigen sind, die der Welt zeigen können, dass es noch andere Möglichkeiten gibt, dass es auf Zusammenhalt und Zwischenmenschlichkeit ankommt. Wir mögen ihnen keine perfekte Welt hinterlassen, aber Deine Kunst hinterlässt ihnen die Visionen für eine bessere Zukunft."

Martin hob den Kopf und lächelte.

„Wenn ich Dich nicht hätte, ich wäre niemals bis hierhin gekommen. Du hast Recht. Ich werde da heute hingehen und es wird alles gut, ach, was sag ich, es wird grandios werden und alles wird so, wie Du es gesagt hast. Und wenn wir das hinter uns haben, dann heiraten wir."

Luise fühlte eine Träne. Ausnahmsweise war es ihre eigene. Sie fiel Martin um den Hals und drückte ihn fest an sich. Einige Minuten standen sie da, lächelnd, die Augen geschlossen.

„So", sagte Luise endlich, „nun ziehen wir uns an und dann gehen wir los, die Welt zu erobern."

„Ja, das tun wir. Ich habe es im Gefühl, der heutige Tag, der 9. November 1989, wird in die Geschichte der DDR-Kunst eingehen, wenn nicht gar in die Geschichte der DDR selbst."

„Ganz bestimmt!"

Sonntagskuchen

„Stellt Euch vor, ich habe etwas ganz Irres gehört", sagte Ralf Menschkowski, als er an einem Sonntag durch die Schwingtür in die Redaktion kam. In dem Großraumbüro, das während der Woche von Mitarbeitern überfüllt war, saßen nur drei Personen um einen Tisch herum, auf dem eine Tupperdose mit kleinen Stücken Kuchen standen. Konrad Hofmeister war gerade dabei, Kerzen auf den Kuchenstücken anzuzünden, während Judith Reinfell und Sarah Köstiger Kaffee in drei große Becher gossen.

„Mensch Ralf, erschreck uns doch nicht so", sagte Sarah, „was machst Du denn hier? Ich dachte Du hast heute frei. Außerdem machen wir gerade Pause."

„Schon, aber eine gute Story schert sich nun einmal nicht darum, wann man frei hat."

„Eine gute Story, ich wäre froh, wenn ich heute zu Hause bleiben könnte", sagte Konrad, „und Du kommst freiwillig hier reingeschneit und erzählst etwas von einer guten Story. Hat das nicht bis morgen Zeit?"

„Nein, das müssen wir taufrisch direkt mit reinnehmen. Sonst haben es morgen alle. Ich habe es zufällig mitbekommen, weil ich gegenüber wohne."

„Willst Du auch ein Stück? Konrad hat Geburtstag, deswegen gibt es Kuchen", sagte Judith, während sie einige Stücke auf bunte Plastikteller platzierte.

„Immer her damit. Passt ohnehin gut zu meiner Story", sagte Ralf.

Er ging zu seinem Schreibtisch, nahm einen Kaffeebecher, auf der „Stricken ist mein Yoga" zu lesen war, und goss sie voll. Als er sich auf einen Stuhl setzte, legte er zufrieden die Füße auf die Tischplatte.

„Worum geht es denn?", fragte Sarah, bevor sie sich die Gabel in den Mund schob.

Ralf grinste in die Runde.

„Naja, nun sagt schon", sagte Konrad.

„Leute, die Tragik des Alltags, die Tragödien, die sich tagtäglich vor unserer Nase abspielen, aber kein Mensch sieht sie. Alles, was die Gesellschaft in ihrer unendlichen Selbstsucht ignoriert. Das ist die Basis für eine gute Story, hab ich nicht Recht?"

„Du klingst, als hätte Dich der Geist des alten Springer in den Hintern gebissen", sagte Sarah.

„Vielleicht ist es so", sagte Ralf, „vielleicht bin ich auch nur von seiner Nase besessen, denn ich habe den richtigen Riecher!"

Er tippte sich auf sein Nasenbein.

„Erzählst Du uns heute noch was oder sollen wir Dir einfach zusehen, wie Du Dir selbst ein Denkmal baust?", fragte Konrad kauend.

„Also, das Thema ist", begann Ralf, „die Einsamkeit des Alters."

„Abgedroschen", sagte Sarah.

„Aber auch immer aktuell", sagte Judith, „Ich habe letztens erst einen Bericht gesehen von einer alten Frau, die sich für Tausende von Euro ihren geliebten Hund hat ausstopfen lassen, nachdem er gestorben war. Der stand dann bei ihr mitten im Wohnzimmer. Schräg, oder?"

„So etwas bringen sie auch nur im Sommerloch. Interessiert doch keinen", sagte Sarah.

„Interessiert keinen?", fragte Ralf. „Da vereinsamen Leute mitten in unserer Gesellschaft, mitten unter uns, hinter jeder Fassade, hinter jeder Tür kann es passieren. Das muss jemanden interessieren. Schließlich kann es uns alle einmal treffen!"

„Wenn es jemanden interessieren würde, würden sie nicht vereinsamen", sagte Konrad, trat ans geöffnete Fenster und zündete sich eine Zigarette an.

„Hey, hier drin ist Rauchverbot!", sagte Sarah.

„Es ist Sonntag, merkt doch keiner", erwiderte Konrad.

„Aber das ist ja der Punkt", sagte Ralf, „natürlich interessiert es die Leute, denn es sind Schicksale, es betrifft jeden, nur sind alle viel zu beschäftigt. Erinnert Ihr Euch noch an den Bericht über das Heim für Demenzkranke. Da haben auch alle zuerst gedacht, es interessiert keinen, aber der hat ein Riesenecho gehabt."

„Ja, aber hauptsächlich ein Negatives. Und dem Heim hat es nichts gebracht außer der Drohung einer einstweiligen Verfügung", sagte Konrad.

„Was war mit dem Heim?", fragte Judith.

„Ach, die hatten in ihrem Garten so eine Bushaltestelle aufgebaut", sagte Konrad, „so eine richtige mit Überdachung, Fahrplan und so weiter."

„Wozu das denn?"

„Nun, gerade die Leute mit Demenz warten eben gerne auf den Bus. Frag mich nicht, warum das so ist. Vielleicht haben sie dann das Gefühl, sie würden nicht eingesperrt sein. Oder sie vergessen einfach ihre eigentliche Situation, keine Ahnung. Jedenfalls waren die immer total glücklich, wenn sie dort sitzen und auf den Bus warten konnten. Irgendwann haben die Pfleger sie dann wieder reingerufen. Sie sagten ihnen einfach, dass heute kein Bus kommt. Die Alten sind anstandslos mitgegangen und waren zufrieden."

„Nette Idee", sagte Judith.

„Ja, eigentlich schon", sagte Konrad, „aber als die Anverwandten das im Fernsehen gesehen haben, gab es einen Riesenaufstand. Die wenigsten wussten davon, weil sie natürlich nie zu Besuch dort waren. Auf einmal meinten sie dann, die Pfleger würden sich über die Patienten lustig machen. Das wäre bis vor Gericht gegangen, doch die Heimleitung kam dem zuvor. So wurde die Haltestelle abgerissen."

„Das ist ja schlimm", sagte Judith.

„Aber eine ordentliche Resonanz auf einen Bericht", sagte Sarah, „so etwas wünscht man sich doch!"

„Wie auch immer, neu ist das Thema weiß Gott nicht", sagte Konrad.

„Aber was ich erfahren habe, das ist ein Knaller!", sagte Ralf.

„Willst Du es nicht endlich erzählen?", sagte Sarah. Sie nahm sich ein zweites Stück Kuchen. Konrad schnippte die Zigarette aus dem Fenster und setzte sich auf seinen Schreibtisch. Judith starrte betreten auf ihren Teller.

„Also", begann Ralf endlich, „wir haben eine Nachbarin, bei uns gegenüber. Eine alte Frau."

„Nun, so viel haben wir uns schon gedacht", sagte Sarah, „und was ist mit ihr?"

„Die Alte ist leicht schräg, also im Kopf. 1,50 m groß, höchstens, Veronika sieht sie häufig im Supermarkt und da schiebt sie immer einen Kindereinkaufswagen vor sich her. Sieht schon ziemlich skurril aus."

„Naja, wenn sie so klein ist, das ist doch nicht schräg", sagte Judith.

„Ach, die macht noch andere Sachen", sagte Ralf, „zum Beispiel stand sie letztens bei strömendem Regen im einem Schirm im Vorgarten und hat ihre Blumen gegossen. Außerdem trägt sie immer eine Schürze, egal ob sie Hausarbeit macht oder nicht. So eine blaue mit weißen Blumen drauf, selbst wenn sie sonntags in die Kirche geht."

„Ok, also sie ist leicht schräg. Und was ist nun mit ihr?", fragte Konrad.

„Veronika hat es mit gestern Morgen erzählt. Sie hat die Alte beim Bäcker gesehen. Da hatte sie ihre Schürze nicht um!"

„Sensationell, das wird der Aufmacher für die morgige Ausgabe", sagte Sarah.

Ralf ignorierte ihren Kommentar.

„Veronika hat erzählt, dass sie eine riesige Sahnetorte gekauft hat. Die war so groß, dass sie sie kaum tragen konnte. Aber Ihr wisst ja, wie alte Leute so sind."

„Nun, wahrscheinlich kam ihre Familie zu Besuch. Wie das so ist, Kaffee und Kuchen bei Oma", sagte Konrad.

„Das hat Veronika auch gemeint", sagte Ralf, „deswegen hat sie sich wahrscheinlich so schick gemacht. Muss in jedem Fall ein besonderer Anlass gewesen sein."

„Und wie ging es weiter?", fragte Judith.

„Ja, kommt da heute noch eine Pointe?", fragte Sarah.

Ralf sah triumphierend in die Runde.

„Sie ist gestorben."

„Woran? Herzversagen?"

„Selbstmord."

„Was hat sie gemacht, Tabletten geschluckt?"

„Sie hat die Torte gegessen, ganz alleine."

„Versteh ich nicht."

„Es muss sich so abgespielt haben. Die Alte litt wohl an Diabetes. Offensichtlich hatte sie tatsächlich ihre Familie zu Besuch erwartet, aber die haben dann aus irgendeinem Grund abgesagt. Wahrscheinlich das übliche: Kopfschmerzen, zu viel zu tun, keine Ahnung, warum. Naja, und dann hat die Alte die Torte selbst gegessen, die ganze verdammte Torte und ist an einem Zuckerschock gestorben."

„Krass", sagte Sarah.

„Traumhaft! Das muss ihr erst einmal einer nachmachen", sagte Konrad.

„Fürchterlich", sagte Judith.

„Jedenfalls hat heute Morgen eine Nachbarin bei ihr geklingelt, um ihr die Sonntagszeitung zu bringen. Sie machte nicht auf. Schließlich kam die Polizei und da hat man sie gefunden. Sie lag auf ihrem Sofa, immer noch die feinen Klamotten an. Selbst der Fernseher lief noch. Nur die Torte war weg. Der Karton lag neben ihr."

„Da muss ich Dir Recht geben", sagte Sarah, „das ist wirklich eine gute Story."

„Ja, Chapeau, Herr Kollege", sagte Konrad, „tragisch, aufwühlend, auf den Punkt! Da zerplatzt der Traum von einer integrativen Gesellschaft. Willst Du sie für die Morgenausgabe noch schreiben?"

„Auf jeden Fall. Schließlich passiert nicht alle Tage so etwas in der unmittelbaren Nachbarschaft, so dass man direkt davon Wind bekommt. Ich setze mich gleich ran. Vielleicht kann einer von Euch sich noch um die Fotos kümmern. Ihr wisst schon, Häuserfassade mit einem roten Kreis um ein Fenster mit halb zugezogenem Vorhang. Ich sag Euch noch die Adresse."

„Egal, Hauptsache irgendein Haus mit Fenstern und Vorhängen. Ein Foto von ihr wäre nicht schlecht, so passbildmäßig", sagte Sarah.

„Ja, das treibe ich auch noch auf", sagte Ralf, „irgendjemand hat bestimmt einen Schlüssel zu der Wohnung."

„Ansonsten nehmen wir ein Bild von einer Oma aus unserem Fundus", sagte Konrad.

Ralf setzte sich an seinen Schreibtisch, fuhr den Rechner hoch und begann zu tippen.

„Nur gut, dass Du heute nichts vor hattest", sagte Judith.

„Hatte ich, aber das hier hat Vorrang. Schließlich geht es um eine gute Story", sagte Ralf.

„Du meinst, um ein gesellschaftliches Anliegen", sagte Konrad.

„Ja, oder so", sagte Ralf.

„Was hattest Du denn heute vor?", fragte Judith.

„Ach, wir wollten meine Mutter besuchen. Aber ich habe sie schon angerufen und ihr abgesagt. Wenn es um gesellschaftliche Anliegen geht, muss man Prioritäten setzen."

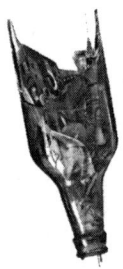

Sveta

„Ich liebe Dich", sagte er. Die Stimme hallte in seinem Kopf. Das Echo, viel lauter als die Stimme selbst. Es kam ihm vor, als gehöre sie gar nicht zu ihm, als flüstere etwas von selbst. Oder bohrte sich etwa die Stimme seines wahren Ichs aus seinem tiefsten Inneren heraus durch die vielen Schichten der Fassade, die es im Alltag überdeckten? Wenn er sein ganzes Leben von allen Lügen befreien würde, dieser Satz bliebe als einzige und letzte Wahrheit übrig auf dem Altar dessen, was die Welt geflissentlich als Traum abtun würde. Doch wenn die Welt eine Welt voller Illusionen war, musste das, was sie Traum nannte, letztlich die Wahrheit sein, nämlich die Tatsache, dass seine Liebe zu Sveta irgendwann sein wahres Ich aus ihm herauskitzeln musste und sie gemeinsam glücklich werden würden.

Lächelnd streichelte Sveta ihm über die Wange und verschwand in dem kleinen Badezimmer. Er rauchte, nahm einen Schluck Wasser. Sein Unterleib fühlte sich für einen Moment geborgen, befreit, doch all seine Sehnsüchte würden zurückkehren. Bald, in der Welt da draußen, wenn er das Zimmer verlassen hatte. Dort roch es weit weniger süßlich als hier und alle Farben waren eine Variante von grau. Er sah zwischen seinen nackten Waden hindurch auf den weichen Teppich im Ton eines Sandstrandes, die himmelblaue Tapete, die große Decke auf dem Bett mit dem Muster eines Leopardenfells. An seinem Rücken spürte er die angenehme Kühle eines der roten Kissen, die auf dem Bett aneinander gereiht waren. Sie warfen kleine Schatten im Schein der türkisen Nachttischlampe. Die kleinen diamantförmigen Plastiksteine baumelten sachte in der Erinnerung einer Bewegung. Selbst die zwei Reitgerten und die Handschellen, die neben einer kleinen Ikone an der Wand hingen, kamen ihm wie vertraute Accessoires vor. Sveta, die sich inzwischen einen seidenen Kimono übergezogen hatte, schaute aus dem Badezimmer hervor. Er richtete sich auf, zog sich an und legte Geld auf den Tisch.

„Ciao, Schatzi", sagte sie und hauchte ihm einen Kuss auf die Wange, „kommst Du nächste Woche wieder?"

„Ja, mach's gut Sveta", antwortete er, wohl wissend, dass ihn jetzt die Zeit des Nachwehens erwartete, diese unüberbrückbar scheinende Kluft zwischen diesem Donnerstag und dem nächsten.

Auf der Straße zog er sich seine Mütze über den Kopf, weil es kalt war und weil er nicht beim Verlassen dieses Hauses erkannt werden wollte. Als er die Straße entlang ging, kam er am Schaufenster eines Schmuckladens vorbei. Ein goldenes Herz, das an einer Lederkordel hing, ließ ihn abrupt anhalten. Es war wie glatt wie ein Onyx-Stein und hatte die kleinen Kerben einer Sonnenuhr. Nirgendwo im Schaufenster sah er Preisschilder. Nach einigem Zögern trat er einen Schritt auf die Eingangstür des Geschäfts zu, als ihn eine Stimme zum Halten aufforderte.

„Junge, wusste ich's doch, dass ich Dich hier treffe. Es ist Donnerstag. Du siehst zufrieden aus, Herbert. Wie war sie heute?"

„Jochen, was machst Du hier?"

„Ich habe auf Dich gewartet, komme gerade von Silke, du weißt, die von Samstag vor zwei Wochen. Wir haben uns näher kennen gelernt."

„Weiß Petra schon davon?"

„Nein, da möchte ich den richtigen Moment abwarten. Du glaubst ja gar nicht, was das für ein Theater geben kann, wenn Du Frauen damit in der falschen Laune erwischst."

„Ist ihre Reaktion denn von ihrer Laune abhängig, wenn Du ihr sagst, dass Du mit einer anderen ins Bett steigst?"

„Mmh, mehr oder weniger."

„Wieso bist du so angezogen?"

„Ach, der Anzug. Tja, ich achte halt auf mein Aussehen. Außerdem haben wir noch was vor. Komm mit!"

Jochen klopfte ihm auf die Schulter und zog ihn Sekunden später in ein Taxi, ohne das Herbert widersprechen konnte. Auf dem Weg, während sie die kleinen Gassen des Innenstadtviertels durchquerten, an Kiosks, Trinkhallen, Reinigungen, Geschäften für Jagd- und Anglerbedarf vorbei bis auf die große Hauptstraße des Zentrums, sprach Jochen mit dem Taxifahrer, offenbar ein Italiener. Der beschwerte sich, dass die türkischen Fahrer die Preise drückten, die Leute zum Selbstkostenpreis chauffierten, ihm die Fahrgäste ausblieben und er nicht wüsste, wie er sonst Geld verdienen sollte. Jochen gab ihm fünfzig Cent Trinkgeld. Dann stiegen sie aus. Am nächsten Tag war ein Feiertag und kurz vor Geschäftsschluss gingen die Menschen in Hektik versunken an ihnen vorbei, den Blick nach oben gerichtet, oder geradeaus, die Schultern fast bis zu den Ohren gezogen. Sie trugen Anzüge oder Abendgarderoben, in denen sie weder schwitzten noch frierten. An den Stellen, an denen der Bürgersteig wegen der Stühle eines Cafés enger wurde, bildete sich eine Menschentraube. Jochen drängte sich durch die Menge, so dass Herbert gerade noch sehen konnte, wie er in dem Restaurant „Casa Nova" verschwand. Er wusste, dass Herbert ihm folgen würde und das war die Quintessenz seines Lebens.

Die adretten Frauen, die auf einer Ledercouchgarnitur saßen, schauten Herbert nicht an, als er herein kam. An der Bar schüttelte der Kellner einen silbernen Cocktailmixer, bevor er einen winzigen Schluck in ein Glas mit aufgespießter Olive schüttete, das einem Mann in einem armaniesken Dreiteiler zu gehören schien. Zum Glück zog sich Herbert immer etwas Schickes an, wenn er zu Sveta ging, sonst hätte man ihn wohl gar nicht hereingelassen. Durch die ausgedünnten Sohlen seiner schwarzen Lederschuhe spürte er den teuren Teppichboden, die sterile Luft der Klimaanlage hinterließ trockene Spuren an seinen Nasenwänden. Als er auf die große Flügeltür zuging, wurde die Easy-Listening Musik der Viermann-Band lauter, ein Piano klimperte, ein Saxophon quäkte eine Melodie, Kontrabass und Schlagzeug spielten kaum hörbar im Hintergrund.

Jochen winkte ihm von einem Tisch in der hinteren Ecke des Raumes zu. Herbert schlängelte sich an den Gästen vorbei und versuchte dabei keines der vielen auf dem Kopf stehenden Gläser, der uniform gefalteten Servietten, Blumenvasen oder Wasserkaraffen auf den Tischen umzustoßen. Er schnappte Wortfetzen auf, die wie „neues Auto",

„Verdienst", „Flughafen", „Hotelzimmer", „Bali, „Shanghai" oder „Kreditkarte" klangen.

Als er endlich am Tisch Platz genommen hatte, redete Jochen unvermindert weiter, weil Herbert ihm ohne Widerspruch zuhörte. Das war immer so. Nur einmal hatte Jochen gesagt „Hey, die klingt nach einer echten Bombe, ich denk, ich werde sie auch mal testen". Da war Herberts Kopf rot angelaufen und er hätte ihm am liebsten mit dem Bierglas erschlagen, das er gerade angesetzt hatte. „Okay, okay", hatte Jochen geantwortet, „aber sie ist eine Nutte. Jeder geht zu ihr, also warum sollte ich nicht?"

Natürlich hatte Sveta jeden Tag Kunden, aber dennoch war Herbert sich sicher, dass er für sie etwas Besonderes war. Jeden Donnerstag um fünf Uhr ging er zu ihr und sie wartete auf ihn, wies sogar Kunden ab, selbst wenn er sich einmal verspätete. Auch verlangte sie das Geld immer erst hinterher, was, wie er wusste, sehr unüblich war. Nur küssen dürfte er sie nicht. Ein paar Mal hatte er es versucht. Sie war ihm ausgewichen. Immer sagte er ihr am Ende, dass er sie liebte und immer lächelte sie schweigend. Einmal hatte sie etwas auf Russisch gesagt. Er verstand es natürlich nicht, aber der Klang der Worte war ihm im Gedächtnis geblieben. Es hörte sich ungefähr an wie „moimalinki".

„Sind wir eigentlich aus einem bestimmten Grund hier?", fragte Herbert, indem er Jochens erste Redepause nutzte.

„Nun, ich dachte mir, vielleicht könnte ich Dir aus Deiner Misere heraushelfen."

„Welche Misere?"

„Na, die Sache mit der Frau, das, was Du jeden Donnerstag machst. Ich meine, das ist doch kein Leben. Du brauchst einmal eine anständige Frau. Jeden Monat gibst Du hunderte von Euro aus, schmachtest sie an und sie lacht Dich aus."

„Sie lacht mich nicht aus!"

„Ja, genau! Jedenfalls hat Silke eine Schwester. Sie hat keinen Freund und Silke meinte, die steht auf so Typen wie Dich. Na, Du weißt schon…"

„Was weiß ich?", fragte Herbert und starrte auf sein Besteck.

„Naja, du bist halt so ein Gefühlsmensch. Frauen mögen Dich, mehr nicht. Deswegen gehst Du ja zu einer Nu…, also zu dieser Olga."

„Sie heißt Svetlana."

„Mein' ich doch. Jedenfalls habe ich Silke und ihre Schwester für heute Abend hierhin bestellt. Deswegen sind wir hier."

„Ich will aber nicht hier sein! Das ist kein Laden für mich und die Frauen, mit denen Du Dich abgibst, genauso wenig!"

„Nun warte doch erst einmal ab. Nadine ist …"

Die Diskussion brach ab, als zwei Frauen den Raum durch die Flügeltür betraten. Fünf Minuten später turtelte Jochen mit Silke herum, während sie von ihrem Alltag als Bäckereifachverkäuferin und von ihrem Nebenjob als Aktmodell in der Volkshochschule erzählte. Als sie erwähnte, dass ihr Ex-Freund den großen Aufkleber eines Karateclubs auf sein Auto geklebt hatte, obwohl er nie in einem Verein war, damit aber andere Kerle einschüchtern und Frauen imponieren wollte, lachte Jochen laut auf.

Nadine saß neben Herbert. Sie schwieg, zuweilen verschüchtert lächelnd schaute sie auf einen Kirsch-Bananen-Saft, wo ihre Schwester ein Glas Sekt stehen hatte.

„Fühlst Du Dich wohl?", fragte Herbert.

„Warum?"

„Ich meine, das Restaurant hier. Gehört es zu den Orten, an denen Du normalerweise bist?"

„Naja, eher meine Schwester, ich weniger. Aber ich finde es nicht schlimm hier. Ich mag den Trubel, Leute, die sich mit sich selbst beschäftigen und mich in Ruhe lassen. Nein, nein, so meine ich das nicht. Das war nichts gegen Dich. Ich hoffe, es klang nicht so, das wäre mir peinlich. Ich habe früher einmal gekellnert und seitdem genieße ich es, wenn ich mal nicht für andere Leute zuständig bin."

„Wo hast Du gekellnert?"

„Im Großmannshof in der Prinzenstraße. Da tragen selbst die Parkanweiser Anzüge, die teurer sind, als mein Auto. Ich setze keinen Fuß mehr da rein. Damals habe ich noch über dem Kino hinterm Bahnhof gewohnt. Ganz schöner Kontrast, das Hotel tagsüber und nachts in meine Einzimmerwohnung. Unter mir die lärmenden Gäste von der Spätvorstellung, über mir ein schlafwandelnder Hund. Aber ich fand's irgendwie witzig."

„Gehst Du gerne ins Kino?"

„Wenn was gutes läuft."

„Nun, das weiß man ja vorher nicht", sagte Herbert, doch offensichtlich fand sie es nicht so lustig wie er. Danach saß er still da, während sie von sich erzählte. Nadines Leben war nicht so verlaufen, wie sie es sich hätte wünschen können, viele Jobs, wenig Aussichten, einige Männer, nie die richtigen, viel erlebt, wenig erreicht. Doch ihre Art des Erzählens von sich hatte etwas Ruhiges, Hinnehmendes, als hätte sie nie auch nur eine Sekunde daran gedacht, sich über ihr Schicksal zu beschweren. Mit der Zeit viel Herbert auf, dass ihre Augen wie aus blau glänzendem Eis waren, in denen sich das Licht in vielen Farben zu brechen schien, tief, verständnisvoll. Sie hatte pechschwarze Haare, die ihre Wangen umrahmten und sich leicht zu ihren Mundwinkeln bogen, wenn sie lächelte. Ihre Hände waren nicht zart, ihr Körper nicht makellos, beim Sitzen konnte man eine Bauchfalte erkennen, doch je länger sie ihm gegenüber saß, desto winziger wurden die kleinen Ungereimtheiten.

„Irgendetwas duftet hier", sagte Herbert mit einem Mal.

„Hast Du Hunger?", fragte Nadine

„Nein, es ist mehr, ich glaube, es ist Dein Parfüm."

Er sah auf ihren Hals.

„Es ist nichts Besonderes", lachte sie.

„Darf ich?", fragte er.

„Wenn Du magst."

Herbert führte seine Nase so dicht an ihren Hals, bis er ihn mit der Spitze berührte. Er atmete tief ein und der Duft, der nun durch seinen Kopf strömte, versetzte ihn in Trance. Er zog noch einmal viel Luft, entfernte sich von ihrem Hals und lobte ihren Duft, während er die Augen langsam öffnete. Dann fiel sein Blick zur Tür. Dort stand Sveta.

Sie war es, wirklich und leibhaftig, außerhalb ihres Zimmers und jenes Hauses, in das Herbert so regelmäßig ging. Seine Finger verschränkten sich nervös in einander.

„Kennst Du die Frau?", fragte Nadine.

„Ja, nein. Sie erinnert mich an jemanden."

„Vielleicht eine Ex? Ich sehe nämlich dauernd meinen Ex-Freund, wenn ich unter Leuten bin, also er ist nicht immer da, aber ich glaube, dass ich ihn sehe."

„Nein, nein, keine Ex", antwortete Herbert, „ich weiß nicht. Irgendwie… ach, was soll's?"

Sveta ging zum Tresen und bestellte Sekt. Ein Zucken durchfuhr seine Glieder, als er sie für einen Moment von der Seite sah. Tränen rollten ihre Wange herunter.

Silke stand auf, um zur Toilette zu gehen. Nadine folgte ihr.

„Was ist los?", fauchte Jochen. „Bist Du bescheuert? Es lief doch alles so gut."

„Da ist sie", murmelte Herbert. „Sie hat Feierabend. Soll ich zu ihr gehen?"

„Ach was, sie ist eine Nutte. Herbert, nun bleib vernünftig. Nadine ist eine echte Frau, die Du nicht bezahlen musst, und Du bist es doch gut angegangen. Jetzt versau Dir das nicht alles."

„Aber siehst Du nicht, dass sie weint? Ich gehe zu ihr!"

„Das machst Du nicht", befahl Jochen.

Doch Herbert stand auf. Seine Knie wollten mehrfach nachgeben, als er auf Svetlana zuging und sich neben sie auf einem Hocker nieder ließ.

„Hallo"

„Oh, hallo"

„Ist etwas passiert?"

Sie presste die Lippen aufeinander und schüttelte den Kopf, während eine Träne ihre Wange herabstürzte. Herbert wusste nichts zu sagen.

„Es ist", sagte sie plötzlich, „es ist, ach nein, ich kann es Dir nicht sagen. Du bist ein Kunde."

„Ich bin doch mehr als ein Kunde. Sveta, ich…"

„Nein, es geht nicht."

Sie saßen schweigend nebeneinander. Die Leute kamen und gingen, bestellten an der Bar ihre Getränke. Die meisten schienen sie gar nicht zu beachten und bei manchen war es sogar ziemlich auffällig, wie sie an Sveta vorbeisahen.

„Es sind viele Menschen hier", sagte sie, „einige davon kenne ich, ich könnte Dir sogar ihre Kreditkartennummern sagen, nur wollen sie mich nicht kennen. Aber das ist mir egal. Warum hast Du Dich zu mir gesetzt?"

„Weil ich gesehen habe, dass Du geweint hast."

„Und?"

„Ich wollte Dich nicht alleine lassen."

„Hattest Du Angst, ich würde sonst nächste Woche nicht an meinem Platz sein?"

„Was? Ich, nein, das wäre…"

Herbert spürte einen Stich in seiner Brust.

„Nein", unterbrach sie ihn erneut, „es wäre Dir nicht egal."

„Natürlich nicht, Du weißt doch, was ich für Dich empfinde! Ich sage es Dir doch immer wieder!", sagte er. Seine Stimme wurde lauter.

„Ja, du hast Recht. Ich weiß, was Du für mich empfindest. Aber nicht, weil Du es mir gesagt hast."

Ihr russischer Akzent klang nun nicht mehr sinnlich. Der Klang ihrer Worte hallte in seinem Kopf wie seine eigene Stimme, ausgerechnet jene, die eigentlich von Sveta kam.

„Du sagst mir jede Woche, dass Du mich liebst", sprach sie, „hast Du eigentlich einmal darüber nachgedacht, was das bedeutet? Glaubst Du, Du kennst mich, weil Du einmal die Woche zu mir kommst? Glaubst Du, ich bin immer so, wie ich dann bin?"

„Nein, ich weiß, dass Du auch traurig sein kannst, deswegen bin ich ja zu Dir gekommen."

„Und jetzt?", fragte sie, „wirst Du auf mich einreden, bis Du Dir sicher bist, dass ich wieder so bin wie jeden Donnerstag?"

„Sveta, wenn ich könnte, dann würde ich…"

„Oh ja, das würdest Du", unterbrach sie ihn zum letzten Mal, „natürlich würdest Du das, weil ich die spiele, die Du haben willst. Wofür glaubst Du, bezahlst Du mich? Ich bin nichts als ein Traum!"

Herbert schwieg. Er war den Tränen nahe.

„Was ist bloß los mit Dir?", fragte er.

„Es ist immer dasselbe", fuhr Sveta fort ohne ihn anzusehen, „man kann einen Menschen nicht lieben, wenn er nicht so ist, wie man sich das wünscht. Man formt ihn sich im Kopf, bis er der eigenen Vorstellung entspricht, damit man ihn lieben kann. Aber eigentlich kennt man ihn nicht und will ihn auch gar nicht kennen. Die Menschen, die man liebt, sind alle bloß ein Traum. Es gibt sie nicht in Wirklichkeit."

Sveta sagte nichts mehr. Herbert saß fest auf seinem Hocker und versuchte einen Weg zu finden die Situation zu bereinigen. Sie sah an ihm vorbei.

„Du überlegst, was Du mir jetzt sagen sollst, nicht wahr?"

Herbert schaute zu seinem Tisch herüber. Silke und Nadine bezahlten und verließen das Lokal. Jochen blieb allein am Tisch sitzen.

„Du, ich muss jetzt mal wieder rüber, mein Freund ist da und…"

„Ich verstehe. Kommst Du nächste Woche wieder?"

„Ja, mach's gut Sveta", sagte Herbert und ging an den Tisch zurück.

Der Ausflug

„Guten Abend, Herr Doktor. König ist wieder da. Voll alkoholisiert."

Die Schwester stellte sich hinter den Oberarzt, der sich vor einem verwahrlost aussehenden Patienten aufgebaut hatte. Der Zivildienstleistende maß Blutdruck.

„Herr König", begann der Oberarzt, „wie wollen Sie jemals von Ihrer Alkoholsucht loskommen? Wenn das so weitergeht, erkläre ich Sie für therapieunfähig. Sie haben dieses Jahr bereits sechs Aufnahmen und es ist erst April."

Er schaute mit strenger Miene auf den ins Leere blickenden Mann vor ihm.

„Herr Doktor...", sagte der Mann leise, „...es...es...also ich schwör Ihnen, nie wieder... ich brauche echt eine Therapie. Herr Doktor, können Sie mir helfen?"

„Ich kann Ihnen mit Sicherheit nicht helfen, wenn Sie selbst ständig Ihre Therapie sabotieren. Was haben Sie sich nur dabei gedacht?"

Der Oberarzt verließ den Raum. Die Schwester folgte ihm.

„Mann, König!", sagte der Zivi. „Warum hast du auch wieder Schnaps gesoffen? Du weißt, wie schlecht Du darauf abfährst. Ausbüchsen, ein paar Bier, ich mein' gut, aber lass die Finger weg von dem Sauzeug!"

König antwortete nicht. Die Stationshilfe kam ins Zimmer.

„So, Klaus, jetzt guck' mal, dass Du schnell in die Wanne kommst. Du stinkst ja schlimmer als mein Ex-Mann, wenn der gesoffen hatte. Danach kommst Du in die Küche und isst und dann schläfst Du Dich aus!"

König hob den Kopf.

„Kann ich auch'n Kaffee haben?"

„Ja, wart ab, erst waschen!"

Die Stationshilfe verließ das Zimmer.

„Die hätten mich fast wieder erwischt, ich sag Dir das", stammelte König.

„Wer denn? Das ist der Schnaps, nichts weiter", sagte der Zivi.

„Von wegen Schnaps. Ich bin doch nicht blöd. Verfolgt haben die mich, die von der Alraune-Gesellschaft. Wollten mich wieder in ihren Keller sperren."

„Mensch, König, wer sollte denn was von Dir wollen?"

„Sie wollen, dass es weiter geht", flüsterte König, „auch die Ärzte hier. Es hat nie aufgehört. Die überwachen und kontrollieren alles. Ich war schon dicht an ihrem Hauptquartier. Sie haben mich dahin getrieben. Mussten mich eigentlich nur noch reinzerren, auf einen Stuhl fesseln und dann geht's wieder los. Zuerst verprügeln sie jemand Anderen, um Dir zu zeigen, dass sie nicht spaßen. Dann foltern sie Dich mit Deinen Ängsten, die wissen alles von Dir, wirklich alles!"

„Und wo soll das sein, dieses Hauptquartier?"

„In der Hubertusstraße, das Haus mit den runtergelassenen Jalousien."

„Da ist nichts. Nur eine alte Kunstgalerie!"

„Kannst ja selbst nachschauen!"

„Ja, mach ich demnächst mal."

„Guten Tag, Herr König", sagte der Stationsarzt, „so jetzt erzählen Sie mal, warum sie wieder ausgebrochen sind…"

„Ich habe nie jemanden gekannt, der ein größeres Vergnügen an Scherzen gehabt hätte als der König". Das habe ich bei Poe gelesen. So beginnt er seine Geschichte über den Hopp-Frosch. Unser König, nein, er war nie zum Scherzen aufgelegt. Selbst wenn er lachte, weil er etwas lustig fand, klang es sarkastisch, als würde ihm seine eigene Lebensgeschichte nichts anderes mehr abringen können. Das Lachen eines Hoffnungslosen. Ich mag Poe, wenn ich auch seiner melancholischen Stimmung, seitdem ich hier bin, selten bedarf. König mag ich auch, aber er ist verrückt. Ich könnte mich nicht erinnern, jemals etwas so Blödsinniges verzapft zu haben.

Der Zivi hatte nicht gesehen, dass ich neben der Tür stand und mithörte. König war wieder da und wieder einmal paranoid. Als der Arzt kam, entfernte ich mich. Wenn Ärzte zugegen sind, geschieht nichts Interessantes. Es sind keine dummen Leute, außer in Gegenwart ihrer Vorgesetzten. Nein wirklich, ich habe gesehen, wie gestandene Ärzte zu dauernickenden Jasager-Mutanten wurden, sobald ein Vorgesetzter den Raum betrat. Wie beim Militär.

König wurde in die Waschküche geleitet, wie wir den großen, gekachelten Raum nannten, in dessen Mitte zwei mächtige Badewannen standen. Waschen ist Struktur und

Struktur ist der erste Schritt im Heilungsprozess. Aber König, was gab es an ihm schon zu heilen? Er schwankte mit gesenktem Kopf durch den Flur und ließ im Gehen seine speckigen Klamotten fallen, bis ich seinen nackten Hintern hinter dem Türrahmen verschwinden sah. Man wusste, dass er paranoid war und doch behandelten ihn die Ärzte wie einen Alkoholiker. Das hieß, Ursache mit Symptom verwechseln. König war nicht paranoid, weil er trank, er trank, weil er paranoid war. Er hat es mir nie gesagt, doch das war offensichtlich. Armer Tropf. Wenn er im Rollstuhl säße, hätten alle sofort gesehen, dass er krank ist. Schizophrenie sieht man nicht. Diese Krankheit erzeugt kein Mitleid, nur Ablehnung. Es sei denn von diesen Leuten, die meinen, schizophren zu sein sei etwas Cooles. Aber das ist es nicht. Er weiß oft nicht, was um ihn herum echt ist und was nicht. Eine furchtbare Sache. Er kann sich schlicht und einfach nicht auf seine Wahrnehmung verlassen. Ich bin froh, nicht in seiner Haut zu stecken. In seiner Vorstellung war das hier oftmals weniger Heilanstalt als Strafkolonie. Die Ärzte therapierten ihn falsch. Wenn ich sie darauf ansprach, behandelten sie mich wie einen Idioten, weil ich nicht in Weiß war und stattdessen lieber den Vögeln zuhörte.

Ich ging langsam den Gang hinunter und hielt mich an den Haltegriffen der Wand fest, nicht, weil ich sie gebraucht hätte, sondern einfach nur, weil sie da waren. Der Anblick einiger Patienten, die für sich alleine auf dem Flur standen, angeordnet als würden sie für ein Pink-Floyd-Cover posieren, machte mir aufs Neue bewusst, dass ich nicht krank war. Es ist mit dieser Station wie mit den Haltegriffen. Ich nutze sie, weil sie da ist, weil ich hier zur Ruhe komme, weil ich meine Vergangenheit vergessen und mich hier meiner geistigen Gesundheit versichern kann. Was ich sonst tue? Ich mache Kerzen. Das ist mein Handwerk. Und meine Kunst. Ja, es ist die Ästhetik der Farben, kombiniert mit der Gewalt des Feuers. Das ist mein Leben. Manche bemitleiden mich, sagen ich sei krank. Doch ich bin gesund. Wenn ich das behaupte, werden die Menschen hier manchmal wütend und verschreiben mir Medikamente und Therapie. Sie wollen, dass ich mich mit vielen Sachen beschäftige. Doch das habe ich getan. Ich habe mich mit allen Sachen beschäftigt. Früher. Bis ich entschieden habe, dass es besser ist, sich nur auf eine Sache zu konzentrieren. Deshalb konzentriere ich mich auf Kerzen. Eine Sache. Ja, wenn man eine Sache wirklich beherrschen will, muss man sie sein Leben lang machen.

Ich habe auch keine großartigen Phobien, bis auf eine vielleicht: Ratten. Ist so eine Geschichte aus der Kindheit. Doch auch mit ihnen habe ich mich beschäftigt, präzise gesagt, kurz bevor ich angefangen habe, mich um die Kerzen zu kümmern. Es war so ein Anflug von dem Wunsch nach Selbstüberwindung, mich meinen Ängsten stellen und solche Sachen. So platzierte ich bei mir im Garten überall Wasserfallen, kleine Bottiche, in die die Viecher gelockt wurden, um dann zu ertrinken. Das Problem war, dass ich sie herausfischen musste und mich vor ihnen ekelte. Und es kamen immer mehr. Ich weiß noch, dass mein Nachbar auf seinem Klavier Chopin spielte, als ich ihre Löcher entdeckte. Ich hasse Chopin. Nun, schließlich habe ich sie alle in eine Hütte gelockt und die Hütte angezündet. Was für ein schöner Anblick. Danach habe ich angefangen, Kerzen zu machen und ich wurde berühmt dafür, im Ernst, richtig berühmt.

Als ich in mein Zimmer kam, saß mein Zimmergenosse Herbert auf dem Boden und sortierte wie üblich seine Kalender. Er verrichtete diese Arbeit durchweg still. Nur manchmal hielt er inne, als hörte er etwas, schüttelte den Kopf, nickte oder machte ein brummendes Geräusch. Er ist zu nicht vielen Tätigkeiten in der Lage: chronisch schizophren, mit leichter Veranlagung zum Autismus. Aber das ist nichts Ungewöhnliches. Er wird mit Sicherheit nicht in Las Vegas die Zahlen beim Roulette voraussehen können wie der Autist in „Rain Man". Viele sagen, der Autist sei der Rain Man, aber das ist ja Quatsch, denn das war ja sein Bruder. Wenn das mal ihr einziger Irrtum wäre. Als hätte es je einen guten Film mit Tom Cruise gegeben, außer vielleicht „Eine Frage der Ehre" und „Magnolia". Leute, die von „Rain Man" gehört haben, tun so, als hätten sie von Autisten gehört. Leute, die den Film gesehen haben, glauben, sie wüssten, was Autisten sind. So ein Quatsch. Als wären Autisten eine Art Jedi-Ritter mit Superkräften, wie viele als Kind selbst sein wollten, um gegen ihre Schulhof-Feinde zu bestehen. Ich liebte die Star-Wars-Filme. Herbert nicht, er liebt Kalender. Liebt? Ein anderes Wort fällt mir nicht ein. Er sammelt sie, verbringt sein Leben damit, konzentriert sich auf diese eine Sache. Er kann einem den Wochentag jedes Datums nennen seit Einführung des julianischen Kalenders durch Caesar. Er rechnet selbst die zehn fehlenden Tage aus der gregorianischen Kalenderreform von 1582 mit. Diese Fähigkeit fasziniert natürlich auch die Pfleger und sie bringen ihm regelmäßig neue Kalender mit. Früher hätte er damit vielleicht eine Menge Geld verdienen können. Heute lassen sie ihn lieber in der Therapie Schrauben drehen, alles andere gilt als menschenunwürdig.

Eine Schwester kam rein und bat Herbert, mit in den Besucherraum zu kommen. Es stand wahrscheinlich eine Vorführung an. Irgendjemand wollte Herbert wieder einmal prüfen, indem er den Wochentag seines Geburtsdatums errät. Doch Herbert schien sich nicht für den Zeitvertreib anderer zu interessieren. Die Schwester sagte einige Male seinen Namen, er reagierte nicht. Sie kam auf ihn zu, er hielt er sich eine Hand vor das Gesicht. Als sie ihn am Handgelenk fasste, riss er sich los.

„Was ist denn los, Herbert?"

„Er ist wohl mies gelaunt oder überbeschäftigt. Mich hat er heute auch kaum beachtet", antwortete ich.

„Oh je, gerade heute! Ein Angehöriger von Blitzi ist da. Er ist Geschichtsprofessor und interessiert sich so für Herberts Begabung. Was machen wir denn jetzt?"

Sie hatte es fast wie eine Bitte formuliert. Natürlich sollte das Personal eigentlich niemals einen Patienten um Hilfe im Umgang mit einem Mitpatienten fragen, aber wenn es gelegen kam, wurde unsere Unterstützung gerne genommen. Ich ging auf Herbert zu, schaute ihm in die Augen und er verstand mich. Wir mussten gehen, das war die schnellste Methode, sich wieder den Kalendern widmen zu können. Er stand auf, als ich ihm die Hand reichte. Bevor wir nach draußen gingen, zog ich mir noch eine Jeans und einen Pullover an, da es manchmal im Besucherraum zog wie Hechtsuppe. Ich nahm auch meinen Geldbeutel mit. Vielleicht könnte ich dem Professor zeigen, dass ich auch..., naja, für alle Fälle nahm ich ihn mit.

Ein wohl bekannter Stolz erfüllte mich, als ich mit dem kleinen Kerl an der Hand über den Flur bis zum Besucherraum marschierte. Ich war schon oft der Vernünftige gewesen, mit dem man reden konnte, mit dem sogar manchmal die Mitarbeiter über etwas Privates plauderten. Dank meiner guten Führung genoss ich einige Privilegien und in solchen Momenten wusste ich wieder warum. Die Leute vom Pflegepersonal schauten auf Herbert und mich. Mit welchem Gesichtsausdruck, das entschied ihre Gruppenzugehörigkeit. Die Fraktion „Disziplin" sah skeptisch zu uns herüber, ob wir nicht etwas Unerlaubtes taten oder zumindest dazu im Begriffe wären. Die Gruppe „Harmonie" lächelte uns an und freute sich, dass wir uns so gut vertrugen. Für sie war ihre Arbeit damit erledigt.

Der Besucherraum war wie eine Schleuse zwischen geschlossenem und offenem Bereich. Es gab zwei Türen, die Stationstür innen und die Außentür. Die Schwester durchquerte die Stationstür und schloss sie den Vorschriften gemäß zu. Dann ging sie mit klingendem Schlüsselbund zur Außentür, verriegelte sie, damit niemand ausbrechen konnte, um daraufhin die Stationstür wieder zu öffnen, uns hereinzulassen und wieder zu schließen. Zum Ende dieser Prozedur öffnete sie wieder die Außentür, denn die Angehörigen fühlten sich wohler, wenn sie nicht eingeschlossen waren. Dafür blieb sie im Besucherzimmer, in dem Blitzi und ein Mann im Anzug an einem braunen Tisch saßen.

Der Herr im Anzug stellte sich als Professor van den Falk aus Göttingen vor, ein Verwandter, genauer gesagt der Bruder. Blitzi war ein Kerl so um die sechzig und sein Spitzname war ironisch, denn er war der Langsamste auf Station. Er ging wirklich wie in Zeitlupe. Eine Orange kauend saß er da, ohne eine Miene zu verziehen. Herbert ging zu ihm und wollte sich eine aus dem Netz nehmen, doch Blitzi wehrte ihn mit einer brummenden Handbewegung ab.

Der Patient und der Professor waren ein sonderbares Brüderpaar, die offensichtlichen Gegensätze ihrer Entwicklung hätten größer nicht sein können. Umso bizarrer wirkte es, dass man ihnen die Verwandtschaft aus dem Gesicht lesen konnte. Ich nahm am Tisch Platz und fragte Blitzi nach einer Orange. Er gab sie mir. Ich aß die Hälfte und beschloss, die andere für Herbert aufzuheben. Herr van den Falk versuchte sich bekannt zu machen, doch Herbert reagierte nicht, saß auf seinem Stuhl, sich die Hand vor das Gesicht haltend, und die Schwester übersetzte die Begrüßung dann von deutsch in „herbertisch", wie wir es nannten. Schließlich wollte er in Medias Res gehen, wie sich Herr van den Falk ausdrückte, und es ging los, das alte Spiel:

„Auf welchen Wochentag fiel der 25. Dezember 800?"

Herbert saß da, mit gekrümmten Rücken, leicht schaukelnd, die Hände gefaltet, den Blick auf seinen Schoß gerichtet.

„Freitag"

„Das ist richtig. Auf welchen Wochentag der 25. Januar 1077?"

„Mittwoch"

„Unglaublich, sie haben wirklich ganz besondere Fähigkeiten! Und der 10. August 955?"

„Freitag"

„Der 14.10.1066?"

„Samstag"

Herr van den Falk schien regelrecht süchtig danach zu werden. In der Hand hielt er ein Taschenbuch, in dem er die Richtigkeit von Herberts Antworten überprüfte. Ich kannte es. Es war der Grotefend, das Handbuch der Zeitrechnung. Ich hatte einmal überlegt, es Herbert zu schenken. Aber er brauchte es wirklich nicht.

Nachdem Professor van den Falk nahezu sämtliche wichtigen Daten der Weltgeschichte, die ihm spontan einfielen, heruntergeleiert hatte, beschloss ich erstens, dass mein Gedanke, mitzugehen bedeute die kürzere Prozedur, womöglich doch falsch gewesen war und zweitens, einen Ausflug zu machen, auszubüchsen, für einen Abend mal wieder einen draufzumachen.

Wie es dazu kam? Nun ja, als sich die Möglichkeit bot, bekam ich Lust. Die Schwester von der Harmonie-Fraktion traute sich nicht, den Professor zur Eile zu bitten, musste aber den Kaffee für uns alle vorbereiten. Da die liebe, aber recht unsichere junge Dame auch nicht die Außentür abschließen wollte, dachte sie sich wohl, dass Herbert, ich oder Blitzi ohnehin nicht ausrücken würden, wenn der Bruder dabei ist. Falsch gedacht.

Als sie den Raum verlassen hatte, begann ich mit dem Professor ein wenig zu plaudern. Er muss gedacht haben, ich sei ein Verwandter, denn er hörte mir aufmerksam zu, als ich Herberts Geschichte erzählte. Nach etwa fünf Minuten sagte ich, ich müsste meinen Bus kriegen. So spazierte ich ungeniert nach draußen. Die Konsequenzen meines Ausrückens würden erträglich sein. Ein paar Tage ohne Ausgang, das alte Spiel. Die Füße still halten und schon gab es wieder einen Therapieerfolg auf Station. Laborans homines curamus, ludens mundum abolemus (Arbeitend heilen wir den Menschen, spielend vernichten wir die Welt, das habe ich während meiner Studienzeit gedichtet).

Was für ein Gefühl! Obwohl wir keine Gitter vor den Fenstern haben, ist es nicht weniger gesiebte Luft, die wir atmen. Als ich mich ein wenig entfernt hatte, streckte ich die Arme in die Höhe, atmete tief ein und mit einem genussvollen Seufzer wieder aus. Was jetzt vor mir lag, war ein hübscher Samstagnachmittag in der Stadt, ein zünftiger Abend in der Kneipe und zum Abschluss ein genüsslicher Gang in den Puff. Ich hörte Sirenen, doch die waren nicht für mich bestimmt. Meinen Geldbeutel in der Tasche betastend ging ich zur nächsten Bank und hob 200 Euro ab. Herbert und ich waren ein gutes Team. Auf Station verstecke ich meine Börse stets unter seinen Kalendern, denn die hütete er wie seinen Augapfel. Ein Ort, so sicher wie die Bank von England.

Ich setzte mich zunächst in ein Café, beobachtete die Menschen durch die Glasscheibe und begann, in Ruhe meinen Ausflug zu planen. Leute liefen geschäftig durch die lärmende Fußgängerzone. Manche drehten den Kopf nach mir und schauten finster drein. Ich hörte die Vögel zwitschern. Das war die Stadt. Das moderne Leben wie es sich seit Jahrhunderten entwickelt hat. Eine Flut von Reizen, so stark auf die Menschen einströmend, wie aus ihnen herausstrahlend, beschäftigte und faszinierte die im Renntempo gehenden Geschäftsleute in ihren Anzügen ebenso, wie die in ernst-routinierter Lebensplanung vertieften Ehepaare, die in Sechserreihen marschierenden Teenager in den H&M-Uniformen und auch die konsumbereiten, scheinbar in Gedanken vertieften Einzelgänger. Ich sinnierte über mein Leben. Meine Krankheit? Ich wollte gesund sein, weil ich nicht krank werden wollte und nun bin ich freiwillig krank, um gesund zu bleiben.

Dann machte ich mich auf den Weg zur Bushaltestelle. Vorher ging ich noch in einen Bodyshop und ließ mir unter dem Vorwand, ein neues Aftershave zu suchen, Proben geben. Ich sah, wie eine Frau neben mir eine Flasche Herrenduft in ihrer Tasche verschwinden ließ und mir dabei zuzwinkerte. Komische Leute. In einen wundervollen Männerduft gehüllt, stieg ich am Stadtrand bei den großen Märkten aus und ging Richtung Vergnügungshalle. Es war ein graues, dunkles Gebäude aus Ziegelsteinen. Die inneren Räumlichkeiten waren neutral gehalten, keiner dieser Edelpuffs, in denen sich die Mädels in roten Samtsesseln räkeln und mit Dir erst einmal schäkern, bevor sie verhandeln.

Drinnen ging es zu, wie auf dem Bahnsteig. Ich hätte nie gedacht, dass es nachmittags im Puff so voll sein konnte. Männer in grünen oder grauen Freizeitjacken sahen an einander vorbei, als sie durch die Gänge schritten. Einer erinnerte mich sogar an einen Kollegen von früher. Dreimal sah ich ihn, aber ich konnte mich auch irren. Ich erwarb bei einer gut aussehenden Frau Mitte zwanzig die gewünschte Dienstleistung und empfand auf meinem Rückweg ob meiner Erleichterung das Geld als gut angelegt. Mit dem Rest könnte ich mich betrinken. Ja, meine Laune stieg stetig. Jetzt bloß nicht an morgen denken, bloß nicht, fang nicht wieder damit an. Du hattest es Dir so schön abgewöhnt.

Lieber was Essen. Mein Magen verzehrte sich nach Fast-Food. Es stimuliert die Geschmacksnerven – künstlich, aber ausreichend – und erzeugt ein unübertroffen herrliches Völlegefühl für einen nicht allzu langen Zeitraum. Sogar die Frau hinter der Theke des Fast-Food-Lokals lächelte, wohl weil ich so zufrieden aussah. Dieses Lächeln kam mir dennoch vor, als hätte ich es schon einmal gesehen, so ein bestimmtes, wie man es zu sehen bekommt, bevor man von einer Frau ausgenommen wird. Aber das war mir egal. An heute zu denken, heißt an das Leben zu denken. Es wird, ja es muss immer weitergehen, man kann nur versuchen es zu genießen.

Ich beschloss, ins Kino zu gehen. Einen Film und hinterher in die Kneipe. Am besten eine, wo es hauptsächlich Stammgäste gibt, die froh über ein neues Gesicht sind. Das alte Programmkino hatte einen Saal, in dem man rauchen durfte. So kaufte ich mir frischen Tabak mit Feuerzeug und sah mir so eine Liebesschnulze an. Es stellte sich heraus, dass der Film zwar einige Nacktszenen bot, das Thema allerdings – Liebe als die stärkste Kraft des Universums, die selbst den Tod überwindet – hing mir schnell zum Hals raus. Trotzdem verließ ich die Vorstellung nicht vorzeitig, die Hauptdarstellerin gefiel mir. Außerdem behagte es mir nicht, dass zwei Männer sich rechts und links von mir ein paar Reihen entfernt in exakten Winkeln von jeweils fünfundvierzig Grad gesetzt hatten. Da wollte ich doch lieber mit allen rausgehen.

Dann machte ich mich auf den Weg in eine Kneipe. Vom großen Kino aus ging ich in Richtung Hotel und steuerte das Hans-Dampf-Eck in der Hubertusstraße an. Von dort aus konnte ich später gemütlich zum Bus marschieren. Im Schaufenster der alten Kunstgalerie wollte ich kurz meine Frisur richten, doch die Jalousien waren heruntergelassen. Aus einem Fenster im oberen Stockwerk drangen die Klänge eines Klaviers, Chopin, widerlich. Jetzt ein paar Bier und das Geld sollte dann noch für ein Taxi reichen. Ich war und bin keiner von denen, die sich auf Tour sinnlos volllaufen lassen, weil sie wissen, dass sie irgendwann eh von der Polizei ins Hospital befördert werden. Ich wollte mich gesittet und zivilisiert kurz vor Mitternacht an der Pforte zurückmelden. Die Nachtwachen würden es locker nehmen, wenn ich auf eigenen Füßen durch die Stationstür marschierte.

Ich begab mich im Eck an den Tresen und bestellte ein großes Bier. Es war genauso, wie ich gehofft hatte. Sieben Leute saßen insgesamt in der Kneipe – vier an Tischen, drei dicht bei mir. Zufrieden registrierte ich, dass mein Tabakbeutel noch recht voll war und ich auch genug Blättchen hatte. Was für ein Tag. Ist es nicht bemitleidenswert?

Diese Yuppies in dem Film machen sich so viel Kummer und Probleme. Dabei können die so etwas jeden Tag haben. Ich schaute auf die Uhr, die am Regal hinter der Theke hing. Es war halb zehn.

Bisher hatte mich nur einer der Gäste auf den Hockern bemerkt. Er war nicht groß, gut aussehend, schwarze, mit Gel zerzauste Haare, in Lederhose und Jacke bekleidet, hinter der ein knallrotes T-Shirt hervorleuchtete. Als ihm gewahr wurde, dass ich ihn beachtete, stand er ein wenig unsicher von seinem Hocker auf und kam auf mich zu.

„Hallo, ich bin Richie, meine Freunde nennen mich Richie Sambuca. Hast Du vielleicht eine Zigarette für mich? Keine Sorge, ich will nur eine. Mal wieder eine Selbstgedrehte rauchen."

„Hallo Richie, klar bedien' Dich. Aber warum kaufst Du Dir keinen Tabak?"

„Ich kann nicht drehen."

„Willst Du es lernen?"

„Nein, Danke. Ich habe es schon oft versucht. Meine Hände sind dafür nicht gemacht."

„Versuch es. Wenn's nix wird, dreh ich Dir eine."

„Nun, okay."

Richie war ein lustiger Kerl, wirkte nur ein wenig verkrampft. Wir erzählten Witze und diskutierten über Fußball. Als ich das nächste Mal auf die Uhr schaute, die am Regal hinter der Theke hing, war es elf Uhr. Wann fuhr der letzte Bus?

Ich war betrunken. Bier, das sollte eigentlich alles an diesem Abend sein. Aber dann hatte so ein Typ einen ausgegeben. Sambuca. Richi, mein neuer Freund neben mir, hatte direkt noch einen Wodka oben drauf spendiert. Er erzählte davon, wie in der letzten Nacht Polizisten in seine Wohnung eingedrungen wären. Aus dem Bett hätten sie ihn geholt und alles durchsucht. Der Grund war, dass er Präsident des von ihm selbst gegründeten Motorradclubs „The Serpent Snakes" war. Deswegen sei ihm die Polizei auch lieber gewesen, als die Typen von den „HELLmuts", mit denen er verfeindet sei. Gerne hörte ich ihm zu, wenn er über seine Sorgen sprach. Doch irgendwie fand ich nicht wie sonst Erleichterung in dem Gedanken, dass mich so etwas nicht plagte. Im Gegenteil. Ich erwischte mich, eifersüchtig auf seine Probleme zu werden.

Plötzlich wurde es mir klar: Ich konnte nicht so weitermachen. Richie, er spürte es, das Leben. Ich spürte nichts, oder wenig. Wenig Schmerz, wenig Freude. Beides kommt immer zusammen. Ich habe Angst vor dem Schmerz und deshalb rede ich mir ein, die Freude nicht zu brauchen. Wer zwingt mich, das zu tun? Niemand. Ich kann mir meine Träume erfüllen, eine Familie gründen oder viel Geld verdienen. Ich bin ein freier, gesunder Mensch oder besser: Ich werde wieder einer sein!

Ich schaute auf die Uhr, die am Regal hinter der Theke hing. Elf Uhr.

Richie ging aufs Klo.

Ich beschloss, diesen ganzen Zustand meines Lebens umgehend zu ändern. Ich würde nicht mehr länger den Kranken spielen, sondern das Leben nehmen, wie es kommt. Eine Hand legte sich auf meine Schulter und ich hörte den Mann hinter mir sagen:

„Nun ja, allzu groß scheint diese Welt ja nicht zu sein. So trifft es sich."

Ich drehte mich um.

„Raphael. Du hier?"

„Ja, es ist eine Freude. Wie machst Du Dich denn so?"

„Das Übliche. Ich habe mir heute einmal frei genommen."

„Ach, das geht so einfach? Naja, besonders verantwortungsvoll scheinen die ja in deiner Klinik nicht zu sein."

„Ich habe mich rausgeschlichen. Das ist nicht so schwer."

„Und wie fühlst Du Dich jetzt?"

„Chronisch. Was machst Du hier?"

„Nun, ich habe mich gefragt, ob all diese Menschen um Dich herum von Deiner Vergangenheit wissen. Ich meine, Du weißt, von unserer Vergangenheit."

„Ich weiß nicht, wovon Du sprichst."

„Nun, ich dachte, es könnte gewisse Leute interessieren. Unsere gemeinsame Zeit, als wir uns kennenlernten. Das Hauptquartier, weißt Du noch, wo es ist?"

„Du redest wirres Zeug. Ich kenne kein Hauptquartier."

„Ach, das würde ich aber nicht sagen. Sieh' mal, Dein Freund, der gerade aufs Klo gegangen ist. Der hat auch gesagt, er sei noch nie da gewesen. Weißt Du, was er jetzt gerade tut?"

Er drehte den Kopf und sah zur Toilettentür. Eine Sekunde später wurde sie aufgestoßen und heraus taumelte

Richie. Sein Gesicht war blutüberströmt und was man von seinem Blick durch die geschwollenen Augen noch erkennen konnte, schien zu verraten, dass er sich jeden Moment übergeben musste. Richie schleppte sich zum Tresen, fiel vor mir auf die Knie und hielt sich an meinem Hemd fest.

„Sie haben mir nicht eine einzige Frage gestellt", röchelte er und sackte in sich zusammen.

Ich starrte auf den bewusstlosen Mann vor mir und sah fassungslos zu Raphael herüber.

„Siehst Du? Ich denke es ist besser, Du kommst mit und wenn Du schon dabei bist, ist es auch besser, Du erinnerst Dich an das Hauptquartier und all das. Ansonsten müssen wir operieren."

Er packte mich am Arm und zog mich aus dem Hans Dampf. Die Gäste starrten mir hinterher.

Draußen sah uns niemand, bis auf eine Mutter, die mich verängstigt ansah und ihren Kinderwagen schnell weiterschob. Wir gingen ein paar Meter bis zu der alten Kunstgalerie. Raphael schob mich durch den Eingang in ein Treppenhaus und ein paar steinerne Stufen hinunter. Ich wurde in eine Kammer geführt, auf einen Stuhl gefesselt. Es war eine seltsame Konstruktion aus Brettern, deren Verbindungen aus Scharnieren bestanden.

„Ein wenig altmodisch, ich weiß, aber wirkungsvoll. Kannst ja erst einmal hier bleiben und überlegen, ob Du Dich wirklich nicht erinnern möchtest."

Dann schlug die Tür zu. Es war dunkel. Ich lauschte. Rascheln, Knistern, Trippeln drang bedrohlich hinter den Wänden hervor. Ich wusste, dass es Ratten gab, die in der Kanalisation mutierten und groß wie Ewoks werden konnten. Ihre Natur ist äußerst aggressiv, sie kennen keine Angst und keinen Überlebenstrieb, wenn sie frisches Fleisch wittern. Bei lebendigem Leibe häuten sie die Beute mit ihren scharfen Zähnen und den gierigen Klauen. Aber das schlimmste war: Ich wusste, dass aus den Räumen hinter dieser Wand Röhren in die tiefsten Winkel der Kanalisation führten, Schächte, die seit hundert Jahren kein Mensch mehr betreten hat, so unzugänglich wie die tiefsten Abgründe des Ozeans. Das Brett, auf dem ich festgeschnallt war, begann zu vibrieren. Meine Körper rieb auf dem zerfaserten Holz, so dass ich von winzigen, haarnadelgroßen Splittern gespickt wurde, die sachte unter die Haut drangen und wie kleine Insekten immer tiefer in mein Fleisch wanderten.

„Es ist ein eigentümlicher Apparat", hörte ich eine Stimme sagen, die der eines Offiziers ähnelte. Hinter mir in der Ecke schien irgendetwas gegen Metall gestoßen und es umgeworfen zu haben. Ich zuckte zusammen und riss an meinen Stricken, doch ich schrie nicht. Plötzlich schmerzten meine Augen. Eine Woge aus Licht stach auf sie ein und drückte sie fast in meinen Schädel. Es mochten Minuten vergangen sein, da ich endlich Schemen erkennen konnte, eine Art Gittermuster an der Wand, die ebenfalls hell strahlte. Rechts und links von mir gab es jeweils eine Tür, als wäre ich in einer Schleuse. Ein leises Trippeln, ein flüsterndes Quietschen. Eine Ratte saß in der Ecke. Ich konnte nur ihre Schemen erkennen, als sie sich aufrichtete und ihr massiger Körper einen Teil des Lichts verschluckte. Aus einem Loch kam eine zweite und es gab Geräusche von einigen Dutzend mehr hinter der Wand, vielleicht hunderten.

„Bis jetzt war noch Handarbeit nötig, von jetzt aber arbeitet der Apparat ganz alleine. Wollen Sie sich nicht setzen?"

Noch ehe die Offiziersstimme ihren Satz vollendet hatte, begann mein Stuhl langsam nach hinten zu kippen. Das Fußteil fuhr nach oben und die Armlehnen auseinander, so dass ich wie ein Gekreuzigter da lag. Immer lauter wurde das Rascheln und Quietschen hinter der Wand. Als ich mich in waagerechter Position befand, sah ich, dass sich etwas von der Decke herab auf mich zu bewegte. Es war eine Kiste. Seicht pendelte sich hin und her. Ihr Schatten verdrängte über mir das weiße Licht. Sie hatte die Form eines Sarges mit kleinen Löchern dort, wo meine ausgestreckten Arme und Beine aus ihr herausragen würden. Ich begriff, schließlich kannte ich ihre Methoden. So die Ratten aus ihrem Verschlag gelassen wurden, kämen sie zunächst nur bis zu meinen Händen und Füßen. Sie würden sie als Vorspeise genießen, mir mit hämmerndem Biss ihrer messerscharfen Schneidezähne das Fleisch von den Knochen nagen, bevor der Deckel, wie eine große silberne Haube bei einem Galadinner, mich als ihren Hauptgang gänzlich entblößte. In den Deckel, der sich über mir schloss, waren kleine Löcher gebohrt, durch die Lichtstrahlen und vereinzelte kleine Schatten zu mir drangen. Das Rascheln hinter mir wurde lauter. Als etwas meine Hand berührte, schrie ich auf. Es war keine Ratte. Etwas wurde in meine Hand gelegt und ich spürte nur, dass es wie ein Lappen geformt war und auf der einen Seite wie ein Pullover, auf der anderen Seite wie eine Orange anfühlte. Vielleicht war es etwas Totes. Dann hörte ich Wasser rauschen.

Was die nächsten Minuten geschah, weiß ich nicht mehr, bis auf das eine. Mein Körper und mein Geist suchten mit aller Gewalt die Ohnmacht. Wie in den schlaflosen Nächten, da die Augenlider wie von einem Band nach oben gezogen sind, arbeitete mein ganzes Sein daran, das Bewusstsein dieses Ortes zu verlassen. Ich weiß, dass es mir irgendwann gelungen ist, denn als nächstes lag ich nicht mehr unter dem Deckel, sondern saß auf einem anderen Stuhl gefesselt. Es war in einer dunklen Kammer, etliche Regale standen an den Wänden, darin Trödel, Schrott, metallene Gegenstände und Lampen, jede Menge Petroleumlampen.

„Du hast also gedacht, Du könntest uns entkommen", sagte eine dunkle Stimme.

„Hat er gedacht", wiederholte eine helle Stimme und kicherte.

„Raphael?", fragte ich, noch kaum eines Gedankens fähig.

„Wieso fragst Du nach Raphael?", antwortete die dunkle Stimme, „der wird Dir jetzt auch nicht mehr helfen können."

„Nicht mehr helfen können", kicherte die helle Stimme.

Ich bewegte meine Hände und Füße, so gut es ging. Sie waren noch da.

„Also, was ist? Wirst Du nun mitmachen, oder nicht?"

„Oder nicht?", kicherte die helle Stimme.

„Wobei?"

„Die Kerzen. Du weißt, die Kerzen. Du kennst die Zutaten."

„Ja, die Zutaten", kicherte die helle Stimme.

Sie ließen mich alleine. Natürlich kannte ich die Zutaten. Und nicht nur die, sondern auch die Zusammensetzung. Hätten sie die Zusammensetzung gekannt, hätten sie mich nicht gebraucht, damals wie heute. Vor mir auf dem Tisch, Brennutensilien, aber sie taugten nichts. Vielleicht war es Absicht. Es würde ihnen einen Grund geben, mich zu operieren.

Ich kannte diese Situation. So beruhigte ich mich und arbeitete konzentriert an meinem Fluchtplan. Wenn ich die Lage richtig einschätzte − und ich hatte keinen Grund, daran zu zweifeln − hockten sie im Vorraum und warteten darauf, die Operation zu vollziehen. Sie wussten, dass ich es wusste.

Ich studierte die Regale und fand tatsächlich alles, was ich brauchte. Eine Flasche, etwas, das als Trichter fungieren konnte, und ein dreckiges Tuch. In den Tanks der Lampen fanden sich genügend Reste von Petroleum, um die Flasche bis zum Hals zu füllen. Dann horchte ich.

Das Holz dicht an meinem Ohr hörte ich sie reden.

„Er ist so ein Armleuchter", sagte die dunkle Stimme.

„Ein Armleuchter", kicherte die helle Stimme.

„So ein Versager", sagte eine dritte Stimme, die einer Frau zu gehören schien.

„Er hat noch nie zu etwas getaugt", sagte die dunkle Stimme, „hat der in seinem Leben nur irgendetwas zu Stande gebracht?"

„Nichts zu Stande gebracht", kicherte die helle Stimme.

„Nun, vielleicht früher", sagte die Frauenstimme, „er hatte Potential. Wir haben es ja auch gut mit ihm gemeint. Aber er hat es vermasselt. Er ist schlicht und einfach zu blöd. Vielleicht liegt es daran, dass er so hässlich ist."

„Ja, wir haben ihm die Chance gegeben, immer wieder, aber er ist eben nicht nur dumm und hässlich sondern auch noch ungeschickt."

„Verteufelt ungeschickt", kicherte die helle Stimme.

„Er hat auch seit Jahren keinen mehr hoch bekommen", sagte die Frauenstimme, „das sagt sogar seine Mutter und die muss es wissen, die olle Schlampe. Sie war ja die einzige, die er regelmäßig vögeln durfte. Wundert mich, dass er überhaupt existiert, sein Vater war ja genauso ein Schlappschwanz."

„Ja, vielleicht hättest Du ihn doch nicht bei seiner Geburt auf den Kopf fallen lassen sollen", sagte die dunkle Stimme amüsiert.

„Auf den Kopf fallen lassen", kicherte die helle Stimme.

„Ach, was sollte ich da kaputt machen? Er ist ein Versager."

„Versager", sagte die dunkle Stimme.

„Versager", kicherte die helle Stimme.

Ich hatte genug gehört. Diese Sätze kannte ich von ihnen zur Genüge. Mit meinem Feuerzeug zündete ich das Tuch an, das in der mit Petroleum gefüllten Flasche steckte. Ich sah auf den herrlich flackernden Schein der Flamme. Diese Macht, meine Macht, mich aufs Neue gegen sie zu stemmen. So unaufhaltsam kräuselte das Feuer den Stoff herunter. Nie wieder, nie wieder. Lautlos öffnete ich die Tür einen Spalt. Ich sah sie nicht. Die Ecke des Raumes, in der sie saßen, war verdeckt. Aber ich wusste, dass sie da waren. Sie ahnten es nicht. Sie unterschätzten mich. Ich hob den Arm. Sie ahnten es nicht. Sie rechneten nicht damit, doch ich wusste, wo sie saßen. Ich bin doch nicht schon gaga.

„Wir haben ihn zu König in den Wachsaal gelegt", sagte der Arzt und führte den Oberarzt herein.

„Wie geht es König?"

„Nun, der Schub ist abgeklungen. Gestern Nacht gab es noch eine kurze Episode, in der er geschrien hat. Das übliche, dass man ihn verfolgt, er sei ein Versager und so weiter. Foltermethoden mit Ängsten. Sie kennen die Symptome"

„Ja, ich denke, wir erhöhen die Dosis Haloperidol zeitweise."

Der Arzt schrieb etwas in seinen Notizblock.

„Nun zu gestern Nacht. Wie ist er hierhin gekommen? Ist er schon aufgewacht?"

„Nein, soweit ich weiß hat man ihn unweit der Brandstelle gefunden, bewusstlos."

„Besteht kein Zweifel, dass er es war?"

„Laut Polizei nicht. Wahrscheinlich hat er eine Art Molotow-Cocktail verwendet, eine Flasche, mit Petroleum gefüllt. Man fand sie tatsächlich in den Überresten der alten Kunstgalerie. Zum Glück stand sie seit Jahren leer und die Feuerwehr konnte den Brand rechtzeitig eindämmen."

„War er alleine dort?"

„Dazu kann die Polizei keine zuverlässigen Angaben machen. Ratten gab es wohl reichlich dort, aber das ist nicht unüblich in leer stehenden Häusern."

„Nun, es ist wohl nicht sonderlich von Belang. Niemand ist verletzt worden, niemand wird vermisst, also gehen wir davon aus, dass er alleine dort war."

„Das sagte der Beamte auch. Und so will er es in seinem Bericht schreiben."

„Gut. Hat man den Fall bereits dem Gericht übergeben?"

„Ja, wir haben noch bei der Aufnahme ein PsychKG eingeleitet. Möglich aber, dass im Zuge der Verhandlung auch die Forensik angeordnet wird. Das wird sich zeigen. Schließlich ist er seit Jahren für seine Pyromanie bekannt. Sie wissen, dass er es sogar einmal bis auf die Titelseite der Bildzeitung gebracht hat. Wenn die von so etwas Wind bekommen. Aber gut, wir halten natürlich den Deckel drauf."

„Nun gut, dann machen Sie mal Feierabend. War eine lange Nacht. Schlafen Sie sich aus."

„Danke. Ja, heute Abend gibt meine Frau ein kleines Konzert für Freunde und Bekannte. Sie ist eine ausgezeichnete Pianistin."

„Spielen Sie auch Klavier?"

„Ja, aber nur für mich. Chopin mag ich am liebsten."

„Ja, Chopin ist wirklich ein Genie gewesen."

An der Ecke

We're looking so hard for something he's got or moving too fast to rest
‚Man on a corner,‘ Genesis

Du scheinst mir ein vortrefflicher Mensch zu sein. Warum solltest Du sonst gerade hier sitzen und eine Geschichte lesen, deren Titel Dir einfach nichts sagen kann? Du hast Dir vielleicht etwas dazu vorgestellt, eine Ecke, die Du kennst. Welche Ecke? Ist es die vor Deiner Haustür? Oder die, um die Du jeden Morgen gehen musst, um Deinen Arbeitsplatz zu erreichen? Dort, wo Du jeden Riss in den Pflastersteinen kennst und jeden Halm Moos, der aus den Spalten ragt. Vielleicht ist es auch eine ganz andere Ecke, zum Beispiel jene, an der Du zuletzt mit voll bepackten Einkaufstaschen den alten Mann gesehen hast, dessen Rollatorrad sich im Kanalabfluss verfangen hat, während dicht hinter ihm die Autos vorbeirasten. Oder war es die Frau? Ich meine die, die Dir zugelächelt hat, obwohl sie eigentlich viel zu jung für Dich ist, und die eigentlich an etwas ganz anderes gedacht hat. Aber was tut es schon? Du hattest den Rest des Tages gute Laune. Verzeihung, es könnte natürlich auch ein Mann gewesen sein. Vielleicht war er zu alt? Er war es nicht. Denn er war dort nur für den einen Moment, da Du ihn gesehen hast, da er sich nach Dir umgeschaut hat. Und die Frau, sie war auch nicht zu jung. Du hast sie erfunden. Sie gibt es gar nicht. Und es ist schön.

Nun mache ich das mit Dir. Ich erfinde Dich. Keine Sorge, nur für einen kurzen Augenblick. Da Du das hier nun liest, bist Du schon nicht mehr Du selbst. Du kannst Dich entspannen, für einen Moment nicht darüber nachdenken, ob Du zu dick oder zu dünn, zu groß oder zu klein bist, ob Deine Oberweite den in der Öffentlichkeit bevorzugten Maßstäben entspricht, ob Dein Auto über den TÜV geht, die Klimaanlage in Deinem Büro endlich repariert wird, Deine Schicht morgen anstrengend wird, ob Du die nächste Prüfung bestehst. All das entflieht Dir. Ich ziehe es aus Dir heraus. Wehre Dich nicht. Ich bewahre es gut für Dich auf und Du bekommst es unverändert wieder. Lehn' Dich zurück und lass' Dich von meiner Vorstellung formen. Denn ab diesem Moment bist Du nicht mehr. Nur meine Vorstellung ist es, die Dich erschafft. Du stehst an der Ecke, an jener Ecke, die der Geschichte ihren Namen gibt. Du bist allein. Eine Uhr schlägt Dreiviertel Fünf. Die Menschen, die zu dieser geschäftigen Tageszeit an Dir vorbeigehen, sehen meist nicht höher als bis zu Deiner Brust, denn Du bist über zwei Meter groß. Du stehst da, wie ein Stock, der unbeweglich aus dem Wasser ragt. Wie die Dame eines Schachspiels, alle Figuren an Größe übertreffend, brichst den Fluss der Menge, die sich an Dir vorbeischiebt. Du spürst Füße, Arme, Schultern, Brüste an Deinem Körper vorbeischrammen. Du kannst auf ihre Köpfe gucken. Manche haben bereits dünnes Haar oder kahle Stellen, einige tragen Hut oder Mütze, bei einigen haben sich kleine Blätter des Herbstlaubs oder winzige Insekten verfangen. Sie wippen jeder in seinem Rhythmus, ein Wogen, wie man gemeinhin sagt, ein Fluss, der voranzieht, obwohl jeder Einzelne still zu stehen scheint. Nur Du überragst sie alle.

Es sind wenige, die zu Dir aufschauen, denn der Eindruck Deiner imposanten Größe wird verstärkt durch Deine muskulöse Statur. Man möchte nicht zu Dir aufsehen. Du trägst ein ärmelloses Shirt, Dein Bizeps drückt sich so fein durch die dürre Haut, als seist Du einem Anatomiekurs zur Anschauung bestimmt. Deine Haut ist von dunkler Farbe, doch hat die Welt selten ein blasseres Gesicht gesehen. Deine von Bartstoppeln umrandeten Wangen erstrahlen in geisterhaftem, fleckigem Weiß. Die Knochen Deiner Augenhöhlen stehen hoch und hinter ihnen – für einen kleineren Betrachter kaum zu sehen – verstecken sich Deine Pupillen, wie aus Scham. Sie befinden sich in ständiger Bewegung. Reflexartig rücken sie von der rechten auf die linke Seite ihrer Höhlen, so dass es erscheint, als wollten sie sich hinter ihrem Weiß verstecken. Ein Ausdruck von Leere zeichnet Deine Augen, die Pupillen weiten und verengen sich im Takt des pulsierenden Fortlebens, das Dich umgibt, wie der Sucher einer Kamera sich ständig auf neue Objekte einstellt. Du schaust ängstlich, Dein von Unverständnis durchzogener Blick scheint Leere zu fixieren und doch jedes Objekt Deiner Gegenwart aufnehmen zu wollen. Von Zeit zu Zeit hebst Du den Arm und zeigst mit dem Finger in die Ferne, als sähest Du ein Flugzeug, ein Zeppelin oder auch nur einen Ballon.

Kannst Du Dir vorstellen, worauf Du zeigst? Es ist die Sonne. Zugegeben, in den Augen derer, die gerade an Dir vorbeigehen, bist Du ein dummer Mensch. Denn Dich fasziniert die Sonne. Du bist aufgewacht aus einem langem Schlaf, gerade eben, so wie Du von der einen Welt in die andere getreten bist, als Du Dich hingesetzt und angefangen hast, die Geschichte zu lesen. Merkst Du? Vielleicht hast Du zuerst gedacht, Du würdest für kurze Zeit versinken, in Deinen Vorstellungen, so wie in Deinen Träumen. Doch es ist ein Aufwachen. Du stehst jetzt da, hast gerade die Augen geöffnet, siehst die Sonne und zeigst auf sie. Die Leute halten Dich für dumm, weil sie schlafen. Niemand wird je erfahren, dass Du die zwei Menschen bemerkt hast, die sich in scheinbar freundschaftlicher Manier Christine und Antonia nennen, ebenso wenig wie jene, die Arbeitskollegen sind und Charles und Ola heißen.

„Siehst den Typen da an der Ecke? Der da so alleine rumsteht? Wie ist der denn dahin gekommen?", fragt Christine.

„Der steht nicht nur rum, der zeigt auf irgendwas", sagt Antonia, „wahrscheinlich ist das irgend so ein Prediger. Voodoo vielleicht. Dem möchte ich nicht im Dunkeln begegnen. Gerade eben stand er aber noch nicht da, oder?"

„Ach was, natürlich stand er da. Du hast ihn nur nicht gesehen. Worauf zeigt er denn?" Christine winkt Antonia, als sie ein paar Schritte weggeht.

„Mann, Christine, jetzt komm weiter. Hinterher spricht der Dich noch an!"

Sie hält ihren Blick auf Dich gerichtet, während sie auf Dich zuläuft. Der Mann mit Bart auf der anderen Straßenseite, der sich gerade mit einer Politesse gestritten hat, da er einen stressigen Arbeitstag hatte und überspannt einige letzte Besorgungen für seine Frau machen soll, geht achtlos an Dir vorbei. Er sieht nur Deine Füße und empfindet nicht mehr, als bei jedem anderen Hindernis, das sich ihm in den Weg stellt. Manchmal, wenn ihm gerade ein guter Geschäftsabschluss gelungen ist oder ihm sein Lieblingslied durch den Kopf schwirrt, geht er mit herausgestreckter Brust, eingezogenem Bauch und breiten Schultern. Dann fühlt er sich so, als könnte er alles schaffen, selbst sein teures, halb aufgebrauchtes Rasierwasser im Laden umtauschen, weil der Verschluss kaputt ist. Gerade jetzt empfindet er nicht so. Vielmehr reibt er die Zähne aufeinander und echauffiert sich über den Teil der Menschheit, der die Rücksichtslosigkeit besitzt, ihm im Weg zu stehen. Die Ex-Frau des Direktors dagegen kommt bedächtigeren Schrittes an die Stelle, an der Du stehst, und mit dem Finger weiter in die Ferne weist. Sie sieht Dich und beginnt die Vorzüge eines schwarzen Liebhabers zu überdenken, für den kurzen Moment, da Ihr nach all den Jahren Eures Lebens genau an dieser Ecke aufeinander trefft. Es ist Deine Bedeutung für sie und Du wirst nie eine andere haben. Später verwirklicht sie den Gedanken, da sie ihren aktuellen Gespielen ohne Probleme loswerden kann. Wie gerne sie doch Turnschuhe tragen würde, denkt sie sich, während der Druckpunkt ihrer Pfennigabsätze bis zu den Kniescheiben hochsticht. Es sind Deine Turnschuhe. Du trägst sie, weil sie bequem und günstig sind, denn Du bist kein Mensch, der sich darum sorgt, ob sie zur Jeans passen.

Während Dich Christine also anblickt und denkt, dass Du sie nicht bemerkt hast, siehst Du, dass sie von Charles und Ola beobachtet wird.

„Die beiden Frauen sehen aus, als würden sie sich streiten. Jetzt rennt die eine weg", sagt Ola.

„Nein, die streiten sich nicht. Sie geht zu dem Schwarzen. Siehst Du? Da!", sagt Charles.

„Wahrscheinlich wartet er auf jemanden oder … irgendwas."

„Bestimmt, der hat offensichtlich Zeit. Guck mal, jetzt steht die Frau fast neben ihm."

„Die will ihm wohl helfen. Worum sich manche Menschen immer kümmern müssen. Wo kommen wir denn dahin? Ich habe genug eigene Probleme."

„Ja, ich wüsste gar nicht, wo ich die Zeit hernehmen sollte. Im Job geht es gerade drunter und drüber. Und mein Sohn ja, alle vierzehn Tage, weißt Du, was das heißt? Jedes zweite Wochenende und nun ist es schon wieder soweit. Er will ins Kino, irgendein Film mit Bruce Willis. ‚Stirb langsam 4', glaube ich."

„Ja, als wenn man keine eigenen Probleme hätte. Genau wie bei uns gegenüber die Alte, die jeden Morgen auf dem Balkon steht. Wenn ich morgens da vorbei gehe, winkt sie immer. Ein paar Mal habe ich sie einfach übersehen, da hat sie ganz zufällig gehustet, so dass ich dann doch hingeguckt habe. Sie ruft dann vom Balkon irgendwas über das Wetter oder dass der Müllwagen noch nicht da war, obwohl Dienstag ist. Als ob ich echt nur dafür da wäre, sie zu unterhalten."

„Ja, denen geht es gut. Ich meine, ich würde mir auch manchmal wünschen, morgens auf den Balkon zu gehen, einfach so. Aber es geht nun einmal nicht. Und kümmern sich die Leute um so etwas? Wenn ich meine Präsentation in den Sand setzte, geht womöglich mein Bonus flöten. Man steht da unter wahnsinnigem Druck. Und die haben nichts Besseres zu tun als rumzustehen."

Charles zieht eine Tüte Studentenfutter aus seiner Jackentasche, reißt sie auf, und schüttet sich einige Nüsse auf die Handfläche.

„Die haben gar keine Ahnung, was es bedeutet, unter so einem Druck zu stehen", sagt er kauend, „und dann auch noch betteln, meine sauer verdiente Kohle. Die kriegen doch schon alles von uns oder wer bezahlt denen die Stütze? Wir! Und dann stehen sie im Weg rum, so dass man an ihnen vorbei muss und zu spät zum nächsten Termin kommt. Da zählt jede Sekunde. Das können die sich gar nicht vorstellen."

„Also, von mir kriegt der nichts. Ich bin diesen Monat eh knapp", sagt Ola und dreht sich um, weil ihr in einem Schaufenster eine Handtasche gefällt. Sie versucht, Dich nicht zu beachten.

Die Mutter, die mit ihren beiden Kindern an der Hand gerade vom Zahnarzt kommt, betrachtet Deine blaue Jeans. Sie ist alleinerziehend, ihr Mann zahlt keine Alimente mehr und so bringt sie sich durch mit Sozialhilfe und kleineren Arbeiten, die ihr im Zuge staatlicher Fürsorge verordnet werden. Ihre Kinder sind auffällig ruhig. Sie kommuniziert mit ihnen, sodass ihr nur ein kurzer Moment bleibt, Dich zu registrieren. Wie zufällig schaust Du nach unten und Eure Blicke treffen sich. Geniert wendet sie sich ab und blickt sie auf Deine Turnschuhe. Sie wird heute

Abend gute Laune haben. Denn so sehr sie im ersten Moment Dein Blick aufgeschreckt hat, sie wird sich nun nicht mehr so alleine fühlen. Sie wird zuversichtlich werden, dass es für sie noch einen Gleichgesinnten auf dieser Welt gibt und wird ihn zwei Wochen später treffen. Wenn sie ihm erzählt, dass sie Dich gesehen und sich vor Dir gefürchtet hat, wird er sich in sie verlieben, denn er sucht eine Frau, die er beschützen kann. Beinahe wäre es nicht dazu gekommen, aber zum Glück sieht sie nicht, dass Christine sie böse anblickt, da sie die Mutter für ausländerfeindlich hält, bevor sie zu Antonia zurückgeht.

„Also, ich denke nicht, dass er ein Prediger ist. Der steht einfach nur da und zeigt ab und zu in die Luft", sagt Christine.

„Vielleicht sieht er tatsächlich irgendwas. Hast Du mal geguckt?"

„Nein, da ist nichts. Ich bin sicher, er ist krank oder so. Er sieht etwas, das gar nicht da ist."

„Ich weiß nicht. Man sagt doch immer so schnell, dass jemand krank ist, wenn man ihn nicht versteht. Er spricht bestimmt nur unsere Sprache nicht."

„Doch, das kann wirklich sein. Letztens hatten wir Tonis Kollegen zum Essen da, also die ganzen Ärzteehepaare. Die machen das einmal im Jahr und dieses Jahr waren sie bei uns. Sie haben sich über so etwas unterhalten. Es kommt häufig vor, dass Schizophrene, wenn sie im Schub sind, sich nicht artikulieren können, sondern nur auf etwas zeigen."

„Das kann sein. Aber neulich bei uns in der Vorlesung ging es um verschiedene Formen von Kommunikation. Verschiedene Kulturen haben ganz unterschiedliche Zeichen für alles Mögliche. Es konnte auch sein, dass er gar nicht auf etwas zeigt, sondern dass es ganz anders gemeint ist."

„Mmh, interessant. Nun, in jedem Fall sollten wir ihm helfen."

„Ja, vielleicht. Wenn er in Ruhe gelassen werden will, wird er es sagen. Aber wie machen wir das?"

Christine sieht sich um und zeigt dann auf Charles und Ola.

„Guck Dir die beiden an!"

„Ja, die zeigen immer auf den Mann. Was die wohl von dem wollen?"

„Also, ich bin mir sicher. Die denken bestimmt, der ist ein Bettler oder so etwas. Aber er sieht nicht schlecht aus, ich meine, nicht so, als würde er auf der Straße wohnen. Sie sind ja meistens ungewaschen und stinken und haben ein Bein in Gips oder so. Wollen wir ihm was geben?"

„Wieso willst Du ihm was geben?"

„Also, ich finde ihn ganz hübsch."

„Du hast doch schon genug Affären!"

„Stimmt gar nicht. Im Moment habe ich nichts. Ist viel zu anstrengend. Da muss ich mir nach der Arbeit noch die Beine rasieren."

„Du arbeitest doch gar nicht. Dein Mann ist den ganzen Tag unterwegs und Du hast frei."

„Immerhin habe ich zwei Kinder. Das ist auch ein Fulltime-Job."

„Du hast eine Haushälterin und ein Kindermädchen. Du musst Dich um gar nichts kümmern!"

„Ach, Du hast ja keine Ahnung. Aber bestimmt hat der Mann irgendwas."

„Was meinst Du damit, ich hab keine Ahnung?"

„Du studierst im fünfundzwanzigsten Semester, bist nur für dich selbst verantwortlich. Woher willst Du wissen, was es heißt, Kinder groß zu ziehen?"

„Und Du weißt jawohl überhaupt nichts davon, wie das ist, ständig diese Existenzängste zu haben. Glaubst Du, es ist leicht einen Job zu finden und alleine über die Runden zu kommen?"

Christine und Antonia schweigen einander trotzig an und sehen dabei zu Ola und Charles hinüber. Die Politesse, die Streit mit Passanten gewohnt ist und gut damit klarkommt, seitdem sie zweimal wöchentlich nach der Arbeit Tek Won Do betreibt, ist inzwischen in Deiner Nähe und schreibt einen Falschparker auf. Sie spürt den Riemen des an ihrer Seite herabbaumelnden Registriercomputers, als sie Dich bemerkt. Mit dem einzigen Gedanken, dass Du wohl nach seiner Verabredung Ausschau hältst, quittiert sie ihren Eindruck, denn sie ist mit anderen Dingen beschäftigt. Sie wird nie wieder im Leben an Dich denken. Du stehst immer noch da und zeigst auf die Sonne.

„Mmh, ich bin sicher, der stand vor ein paar Minuten noch nicht da", sagt Ola.

„Was? Bist Du verrückt?", sagt Charles. „Natürlich stand er da. Der steht schon den ganzen Tag da und wird auch morgen und übermorgen da stehen. Er ist ein Penner! Du bildest Dir da was ein!"

„Jetzt gucken die beiden Frauen zu uns rüber."

„Wen meinst Du? Ach die! Ja, die haben wohl einiges zu tuscheln."

„Die reden über uns, ich hab es genau gesehen."

„Ach was, Frauen erzählen immer über irgendetwas. Frage mich im Büro manchmal auch, wo Ihr die Zeit hernehmt, ständig zwischen Tür und Angel noch Gespräche zu führen."

„Wie meinst Du das?"

„Ja, gestern erst. Da hast Du Dich doch fast eine Stunde mit der Alten von Chefsekretariat unterhalten."

„Meinst Du, das mache ich zum Spaß? Guck Dir mal die miese Bezahlung an in meinem Job. Ich muss langsam mal ein wenig mehr herausholen. Meine Tochter wird auch anspruchsvoller mit dem Alter und bei dem, was der Alte mir zahlt. Soll ich sie im Lumpen rumlaufen lassen?"

„Also, so wie ich das gehört habe, habt Ihr Euch über alles unterhalten, nur nicht über Geld."

„Ich musste doch erst einmal an sie herankommen. Herrgott, hast Du denn gar keine Ahnung?"

„Also, wenn ich was vom Chef will, dann sage ich es ihm und versuche es nicht um zwanzig Ecken über seine Sekretärin. Dann muss man halt mal ein paar Überstunden machen, um Argumente in der Hand zu haben."

„Du hast leicht reden. Du musst Dich ja auch nur alle vierzehn Tage um Deinen Sohn kümmern."

„Ach komm, Deine Tochter ist zwölf! Die kann ja wohl mal einen Abend alleine zuhause verbringen."

„Und Du kannst ja wohl alle zwei Wochen ein paar Stunden mit Deinem Sohn verbringen!"

„Ja, wenn ich so ein Typ wäre, wie der da, dann vielleicht. Oder wie Du!"

„Was soll das denn heißen?"

„Wenn Du Dein Geld nicht dauernd für teuren Luxuskram verprassen würdest, kämst Du prima damit aus. Frag den doch mal, wie viel er verdient und womit er auskommen muss!"

„Also jetzt reicht's. Jetzt gehe ich gleich wirklich hin und frage! Aber Du hast ja offensichtlich auch Zeit hier zu stehen und darüber zu streiten!"

Die Kirchturmuhr schlägt fünf. In diesem Moment hebst Du wieder den Arm.

„Er zeigt auf mich", ruft Christine, „siehst Du, was habe ich Dir gesagt? Er braucht irgendetwas. Komm wir gehen hin."

„Christine, bleib hier", ruft Antonia, geht aber dann doch ihrer Freundin hinterher auf Dich zu.

„Entschuldigung, können wir Ihnen helfen?", fragt sie Dich. Sie berührt mit ihrer Hand sanft Deinen Unterarm und ihre Fingerspitzen elektrisieren Deine Muskeln. Du schaust sie an. Sie lächelt, so wie man einen Menschen anlächelt, von dem man hofft, dass er friedlich ist. Denn ein wenig Angst machst Du ihr schon. Du sagst nichts. Warum sagst Du nichts?

„Komm, Christine, wir gehen", sagt Antonia.

„Sie sind bestimmt fremd hier", sagt Christine zu Dir und Du schaust auf sie herunter, „Sprechen Sie unsere Sprache? Müssen Sie irgendwo hin?"

„Nein", sagst Du endlich. Mehr fällt Dir nicht ein. Warum nicht? Sie ist nett zu Dir.

„Sie sind bestimmt gerade erst angekommen, hier, also bei uns. Sie kommen von weit her, oder? Wie sind Sie hierhin gekommen?"

„Ich weiß nicht", sagst Du, „jemand hat mich hierhin geschickt, damit ich hier stehe."

„Komm, Christine, mir gefällt das nicht", sagt Antonia.

„Meine Güte, jetzt lassen Sie doch den Mann in Ruhe", tönt die Stimme von Charles herüber, „irgendjemand wird ihn schon abholen!"

„Halten Sie sich mal da raus", keift Christine zurück.

Charles und Ola kommen ebenfalls zu Dir. Nun schauen vier Menschen zu Dir auf.

„Werden Sie nicht mal gleich frech, Fräulein", sagt Charles.

„Haben Sie Hunger?", fragt Christine Dich.

„Meine Güte, was haben Sie? Ein Helfersyndrom, oder was?" fragt Charles.

„Wie sind Sie hierhin gekommen?", fragt Ola. „Es klingt komisch, aber ich bin sicher, dass Sie vor fünf Minuten noch nicht hier standen."

„Siehst Du, ich hab's doch gleich gewusst", sagt Antonia. „Er stand noch nicht dort, oder?"

„Sie haben Recht, da bin ich mir sicher."

„Mir ist das zu blöd. Ich gehe, für so etwas habe ich keine Zeit!", sagt Charles und bleibt.

„Worauf zeigen Sie da?", fragt Dich Christine.

„Die Sonne", antwortest Du.

„Warum?"

„Sie ist schön."

„Ach, noch so ein Sonnenanbeter", sagt Charles, „als hätten wir nicht schon genug von denen. Geh lieber arbeiten!"

„Er hat bestimmt nicht viel Geld", flüstert Ola zu Antonia.

„Nein, sicher muss er jeden Monat schauen, wie er über die Runden kommt", flüstert Antonia zurück.

„Also, die Sonne, ja, ich finde sie auch schön. Sie mögen Sonne? Wo Sie herkommen, scheint bestimmt oft die Sonne", sagt Christine.

Du sagst nichts. Denn plötzlich spürst Du, wie Dein Körper an der Ecke schwächer wird, als verblasse er. Du reißt die Augen auf und möchtest hinfallen, aber irgendetwas hält Dich.

„Was ist mit Ihnen? Wir brauchen einen Arzt! Dieser Mann ist …", ruft Christine und will Dich mit beiden Händen festhalten. Doch den Rest ihres Satzes bekommst Du schon gar nicht mehr mit. Das Letzte, was Du siehst, ist die wogende Menge, die immer noch an Dir vorbei schreitet, ohne auf Dich zu achten. Dein Körper an der Ecke verschwindet.

Nun bist Du wieder zurückgekehrt und alles ist noch so, wie es war. Habe ich es nicht versprochen? Alles ist so, wie es war. Die Figur, der TÜV, die Klimaanlage, die Schicht, die Prüfungen. Denn das hier ist nur eine Geschichte. Nichts davon ist echt. Aber nun bist Du ja aufgewacht und kannst Dich wieder Deinem Leben widmen. Besinne Dich. Es ist vorbei.

❁ ❁ ❁

„Wo ist er hin?", fragt Charles.

„Keine Ahnung", sagt Christine, „er kann sich doch nicht einfach in Luft aufgelöst haben."

„Wir haben es Euch doch gesagt", sagt Ola, „er ist genauso schnell verschwunden, wie er aufgetaucht ist. Das ist nicht normal."

„Ach, hör doch auf", sagt Charles.

„Wenn ich es nicht mit eigenen Augen gesehen hätte, ich würde denken, dass ich geträumt habe", sagt Antonia.

„Nicht wahr?", sagt Christine. „Unglaublich. Vielleicht war er tatsächlich so ein, naja, Heiliger oder so."

„Ja, auf jeden Fall glaubt uns das keiner", sagt Ola, „das ist ja wie im Film!"

„Quatsch!", sagt Charles. „Ihr bildet Euch da was ein. Wovon träumt Ihr eigentlich? Ich gehe jetzt, hab noch einiges zu tun. Egal, wo der Typ herkam und wo er hin ist, das hier ist immer noch die Wirklichkeit!"

Der Eremit

„Als schließlich lange nichts Böses geschah,
da fürchteten viele, das Ende ist nah.“
Aus einem alten Versstück

Die Aufzeichnungen des letzten Abtes von St. Ignatius, 27.
Oktober 1895, Inventar Nr. 9647

Am Anfang einer jeden Schöpfung steht ein Blitz. Etwas,
das die Erde für einen Moment aufhellen lässt in der Dunkelheit. Das Leuchten brennt sich in die Geister der Menschen und ihrer Erinnerung gemäß geben sie es weiter von
Generation zu Generation. Und so wie ein Blitz, in den
Erdboden gefahren, versteinert und fassbar wird, so sind es
auch jene Legenden, aus dem Geist geboren, die uns durch
dauerhafte Symbole, seien es nun Gebäude, Statuen, Mün-
zen oder Bücher, begreiflich werden.

Hier in meinem Studierzimmer, in dem ich so oft das
Wort Gottes und seiner Propheten las und mir in graue Vorzeit zurück versetzt die allumfassende Weisheit der Schöpfung zu vergegenwärtigen versuchte, sitze ich nun, alles in
Asche. Die Mauern des Klosters hier auf dem Berg sind
durchsichtig geworden. Gott, so habe ich es immer gesehen, hat seine Heimat in den Köpfen der Menschen, die er,
gleichsam eines ewigen animus movens, eines Motors wie
die modernen Menschen in jüngster Zeit sagen würden, zu
ihrem Besten bewegt. Ihr Körper ist den Widrigkeiten seiner Natur und der Umwelt ausgesetzt und stets tut er gut

daran, die Lenkung seines physischen Daseins dem göttlichen Funken seines Geistes zu überlassen, den wir Glaube nennen. Schwächt er seinen Glauben durch Zweifel und Vernachlässigung, so wird zwar nicht Gott selbst angreifbar, aber jener Funke wird schwächer, bis der Mensch irgendwann nur noch aus reinem Körper besteht und er sich mechanisch und ziellos, die Leere mit Gram spürend, ohne ihre Ursache zu erahnen, über die Erde bewegt. Ein Kloster, in dem die Mönche ihre Geister und damit ihre Funken zusammenführen, versinnbildlicht dieses Naturgesetz.

Auch meine Abtei ist durch ein Aufblitzen entstanden, durch ein kurzes Erbeben der Weltgeschichte. Doch das ist weit weg. Wie bin ich über dreißig Jahre durch ihre Mauern gewandert und spürte die Gegenwart des Heiligen Ignatius, dem es geweiht, und die jenes Remigius, der seinerzeit hier auf diesem Berg in schlimmster Not die Menschen geheilt, ihnen Trost gespendet, dann von einer irdischen Macht gefoltert, verurteilt und hingerichtet wurde und auf dessen Gebeinen das Kloster errichtet ist. Alles Asche, verglimmt in einem Moment, da ich diese Dokumente über die tatsächlichen Ereignisse in jenen Tagen tief unten in den Gewölben fand. Und wenn ich nun aufschreibe, was dank meines Fundes als bewiesen gelten kann, wenn ich mich anschicke zu begreifen, welche große Last die Kenntnis der Wahrheit bedeutet, so möge Gott mir verzeihen, dass es mich verstört. Es lässt meine Hände zittern. Das Gift der Schlange, die mir in ihrem ganzen Stolz und Hochmut die Frucht vom Baum der Weisheit dargeboten, durchfließt meine Adern, wenn ich mich nun der Vorstellung ergebe, wie vor über zweihundert Jahren an einem milden Herbsttag ein alter Mann durch das Dorf schritt, das vormals dort stand, wo nun in unseren Gärten kräftige Apfelbäume blühen, von denen ich mein Lebtag keinen mehr essen möchte. Die Absichten des Alten auf seinem Wege hat er mit in die Finsternis des Abgrunds genommen. Ich hege den Glauben, dass er in jene Hütte ging, auf deren Grundmauern mein Studierzimmer erbaut wurde, um zu schlafen. Und es bedarf der Kraft allen Glaubens, den ich auch nur aufbringen kann, um nun niederzuschreiben, was meine Seele so tief erschüttert.

Die Sünde gedeiht auf den Äckern des Zweifels und der Angst. Und wenn unser Herr Jesus Christus auf dem Berg predigte, dass der Gedanke an eine Sünde bereits der Tat gleich kommt, so wollte er damit nicht strafen, sondern warnen. Die Sünde ist keine Straftat, sondern ein Gift, das die Seele befällt. Ach, hätten bloß die Bewohner des Dorfes, und allen voran die reiche und fromme Bäuerin Jacoba, jener Worte gedacht, als sie den Alten die Dorfstraße entlang wandern sahen. Doch hinter den Fenstern ihres Hauses spähte sie voller Argwohn durch die Vorhänge. Denn durch dieses Dorf, dessen Namen ich über die ganze Erzählung hinweg zu verschweigen gedenke, kamen kaum Fremde. Es war ein steiler Berghang zu erklimmen bis dort oben. Überschwemmungen, Schneeschmelze und so mancher

Erdrutsch hatten die Straße bis zur Unwegbarkeit entstellt. Man hätte so manches Mal meinen können, sie endete bereits, wenn nicht die Spitze der Kirche des heiligen Ignatius zu sehen gewesen wäre. Hatte man das Dorf passiert, so endete die Straße im Nirgendwo, genauer in einem dichten Tannenwald. Dort gab es nichts als die kleine Hütte, die der Legende nach vor Urzeiten einmal einem alten Köhler gehört hatte.

So waren die Bewohner des Dorfes meistens unter sich. Natürlich gab es jene, die oft ins Tal gingen, in die nächstgrößere Ortschaft oder gar in die Städte, wo sie von eigentümlichen Dingen zu berichten wussten. Man erkannte sie an ihrer vornehmen Kleidung, denn es waren die Reichen des Dorfes. So stolzierten sie, gerade aus der Stadt zurückgekehrt, in vornehmen roten Jacken mit silbernen Knöpfen und Beschlägen, feinen Pluderhosen, roten Strümpfen und Spitzschuhen über die Straße direkt in die Taverne, wo sie von der großen weiten Welt berichteten. Wenn sie geendet hatten, griffen sie in ihre Taschen und holten Gulden aus ihnen hervor, warfen sie dem Wirt hin, der dann die gesamte Zuhörerschaft verköstigte, und begannen mit Eifer das Würfel- und Kartenspiel. Ihre Einsätze waren so hoch, dass die übrigen Bewohner des Dorfes nur staunend daneben standen, da sie so viel in einem Jahr verdienten, wie in einem Spiel von einer Hand in die andere ging. Jene, die ein weiteres Bier oder eine herzhafte Wurst von dem spendablen Gewinner erhofften, standen dicht neben ihm, gaben bewundernde Laute von sich und lobten den Sieger als einen großherzigen Mann.

Eben jene Menschen waren es, die im Herzen Jacobas den Zweifel an Gottes Gerechtigkeit Tag für Tag nährten. Denn sie gehörte zu jenen, welche sich dank ihrer ehrlichen Hände Arbeit einer höheren Moral sicher waren, und sie schimpfte im Stillen auf die Raffgier und Freudsucht der „Städter", wie sie jene Leute nannte. Die Kleidung der Bäuerin war ihrerseits in den Farben derjenigen ähnlich, die die Franziskaner einst zu tragen pflegten, ihr Gang war energisch, doch stets ein wenig gebeugt, als ob sie dem allsehenden Herrn jederzeit die Last ihres Lebens bezeugen wollte, die sie willig auf sich nahm. Von den verschwenderischen Reichen war sie überzeugt, dass sie ihre gerechte Strafe noch bekommen würden, von den Armen, dass sie ihre gerechte Strafe bereits bekommen hatten und so sah sie ihr ganzes Leben als eine Bestätigung ihrer eigenen Tugendhaftigkeit an. Doch die Emporhebung der eigenen Demut vor Gott ist zugleich der Hochmut gegenüber den Menschen und von allen Sünden die heimtückischste.

Die Ereignisse jenes Nachmittags vermag ich mir nur vorzustellen, keine Quelle berichtet davon. Doch zeugen andere Dokumente von den Entwicklungen der fürchterlichen Ereignisse. So mag der Name unseres Herrn für die Aufrichtigkeit stehen, mit der ich die beiden Protagonisten mir in solcher Art vorstelle. Oh, wie sehr möchte ich in diesem Moment allen Menschen zurufen: Seid Euch gewiss, dass ihr Sünder seid, schwach und einfältig, seid demütig und gut zu einander, denn vor dem Herrn seid ihr alle gleich. Möge dieser Schrei durch die Mauern der Zeit hindurchschallen bis zu dem Dorfpfarrer Wilhelm, der, als der wandernde Alte die kleine Kirche passierte, gerade an der Pforte stand. Er sah ihn zunächst etwas verwundert an, wusste er doch nicht, was der Mann hier wollte. Doch irgendwas machte ihn froh an diesem Anblick, als hätte er darauf gewartet. In der Tat hatte er das, fast sein ganzes Leben lang. Nach seinem Theologiestudium, das er mit einer besonderen Auszeichnung bestanden hatte, sagte jeder über ihn, dass er bestimmt einmal Bischof, wenn nicht gar Papst werden würde. Zunächst bekam er auch eine stattliche Gemeinde mit feinen Leuten in einer großen Stadt zugewiesen. Da er sich nun in gehobener Gesellschaft wähnte, stattete er seine Kirche mit allerlei üppigen Schmuckstücken aus, um, wie er sagte, dem Herrn zu huldigen. Irgendwann gab es kein Geld mehr und er musste in eine kleinere Gemeinde ziehen. Doch auch hier ließ er nicht ab von seinen Ansinnen, möglichst viel Goldenes und Glänzendes in der Kirche zu versammeln. So musste er in immer kleinere Gemeinden ziehen, bis er schließlich in diesem Dorf angekommen war. Und er war überzeugt davon, dass es nur geschah, weil der Herr ihn prüfe wie einst Abraham, Moses oder Hiob. Er wusste, dass es noch keinen Heiligen namens Wilhelm gab. Und fing nicht jede Heiligengeschichte mit Entbehrungen an? Er bekreuzigte sich in feierlicher Manier, während er den wandernden Alten beobachtete, als würde er den Segen Urbi et Orbi über hunderttausende von Gläubigen spenden.

So mag der Alte, der an jenem schicksalhaften Tag durch das Dorf ging, die Figur sein, die später von den ersten Brüdern des Klosters Remigius genannt und dem jene

Wundertaten zugesprochen wurden. Über den verlassenen Dorfplatz schritt er am Rathaus vorbei, stur geradeaus blickend, als würde er die Häuser rechts und links von ihm nicht bemerken. Einige hatten Vorhänge, andere standen leer, was man unschwer daran erkennen konnte, dass Fenster zugenagelt, Türen aus ihrem Scharnier gebrochen und Bretter der Wände oder Balken der Decken geborsten waren. Die Sonne schickte ihre letzten Strahlen über die dunklen Wipfel des Tannenwaldes und umrahmte die Silhouette des Alten mit Glanz. Der Weg trat seine Flucht zwischen die spinnenbeinigen Stämme der Bäume an, denen der alte Köhler, wie man sich erzählte, Namen gegeben hatte und die bei Dunkelheit sich zuwisperten, mit ihren rindigen Augenlidern schlugen und bei starkem Wind ihre trockenen Mäuler aufrissen. Der Alte bemerkte das nicht. Er sah weiter auf seinen Weg und als seine Sohlen auf dem erdigen Boden zu knirschen begannen, war es, als empfinge der Wald ihn wie einen lange verloren geglaubten Sohn.

Das Licht, das den Alten an jenem Abend umstrahlte, sahen auch die Bäuerin Jacoba und der Pfarrer Wilhelm. Und so wie es all jenen geht, die still und heimlich darauf warten, dass sich entweder Gott selbst oder der Gefallene ihnen zu erkennen gibt, sahen sie in dem Alten jenes Zeichen, nach dem sie sich sehnten. So fühlten sie das Bedürfnis aller Propheten, welche nicht Gottes Sohn waren, sich der Zustimmung der Menschen zu versichern, entweder indem ihre Worte von einer großen Zahl geglaubt oder indem sie aufgeschrieben werden. Jacoba sammelte ihr Gefolge noch am Nachmittag um sich, die Bediensteten, Mägde und die Stallburschen, um sie zu unterrichten, der Teufel in Person sei an diesem Nachmittag durch das Dorf geschritten. Unter ihnen die treuesten waren die fünf Knechte, die sie stets begleiteten und das mit solchem Ernst und Ehrgefühl, wie man es sonst nur von der Schweizergarde kennen möge. Pfarrer Wilhelm kehrte seinerseits umgehend in seine Kirche zurück und schrieb einen großen Anschlag, der verkündete: „Gott sendet uns ein Zeichen!".

Es würde den Schmerz meines Verdrusses lindern, wenn ich sicher wüsste, dass der Alte sich in die alte Köhlerhütte zurückzog und einschlief. Den belastenden Dokumenten zu Folge ist nichts anderes von ihm bekannt, außer dass er an jenem Tage durch das Dorf schritt. Überliefert dagegen ist aus dem Tagebuch des Bildhauers Henrich, der ein großer Künstler zu sein glaubte und sich entsprechend gebar, die Versammlung, die der Bürgermeister am nächsten Abend in der Taverne des Ortes einberief. Seine Beschreibungen zeugen in ihrer Detailliertheit von künstlerischer Eigenliebe.

Als er am Abend über den Platz zur Taverne schritt, sah er, dass jemand auf des Pfarrers Plakat das Wort „Gott" mit roter Farbe durchgestrichen und darüber „Satan" geschrieben hatte. Der Bürgermeister selbst hatte den Vorsitz der Versammlung. Nachdem alle Bewohner an den massiven Holztischen Platz genommen hatten, ergriff er das Wort und erläuterte, was alle schon wussten. Jacoba saß an einem Tisch mit ihrem Gefolge zur Rechten des Bürgermeisters, während Pfarrer Wilhelm einige der treuesten Gläubigen seiner Gemeinde an dem Tisch zur Linken versammelt hatte. Über ihnen gaben an dicken Querbalken hängende Öllampen ein schummriges Licht ab. Im feisten Gesicht des Pfarrers warf besonders seine Nase einen langen Schatten, während Jacobas mit ihren von ihren hervorstehenden Höhlen verdunkelten Augen zum reichen Johann sah. Der fein gekleidete Mann, der es durch seinen Holzhandel zu beträchtlichem Vermögen gebracht, einen Großteil jedoch an Spieltischen und in Freudenhäusern gelassen hatte, spottete mit leiser Stimme der kleinen, schmächtigen aber zähen Gestalt Jacobas, da sie weit entfernt von seiner Vorstellung von Weiblichkeit lag, die ohnehin zu den tiefsten Geheimnissen von Gottes Schöpfung gehört. Mithin der wirkliche Grund für seine Verachtung mochte in der Tatsache zu sehen sein, dass er Schulden bei der Bäuerin hatten, die zu verzinsen sie sich trotz der Gebote unseres Herrn nicht nehmen ließ. Der Holzhändler tat demnach auch als einer der Ersten lautstark seine Freude über die Ankunft des Alten kund und zeigte somit Pfarrer Wilhelm seine Anteilnahme.

Neben dem Tisch von Wilhelm saß schweigend der Gendarm, Bernhard geheißen. Er beobachtete den Pfarrer, der mit anmaßender Freundlichkeit mal diesen, mal jenen Gast begrüßte, sich lautstark nach dem Befinden von Frau, Kindern und Hof erkundigte und zu guter Letzt großzügig allen ihm Gewogenen Segen spendete. Die Gruppe an Jacobas Tisch hielt Schweigen. Es war jene Art von Schweigen, das von Menschen ausgeht, die sich der Verdammnis ihrer Gegner auch ohne ihr Zutun sicher wähnen, eben weil sie sich lautstarken und siegesgewissen Gebärens hingeben und der Hochmut, wie es die Bibel lehrt, von allen Sünden die Schlimmste ist. Mit jener Zurückhaltung ließen sie den Pfarrer und seine Gefolgschaft das Vorspiel der Versammlung dominieren, bis der Bürgermeister endlich das Wort an einige Redner abgab.

Pfarrer Wilhelm sprach und gelangweilt auf das Ende der Rede wartend sahen drei bärtige Holzfäller durch das schummrige Licht und den schimmernden Rauch der Tabakpfeifen. Ein Sargmacher und ein Totengräber, von Hause aus die fröhlichsten Menschen aller Berufsstände, ließen die mit Bier gefüllten, mattsilbernen Zinnkrüge klirren und störten sich nicht an der gespannten Erwartung der Zuhörer. Einige Händler, die gemeinhin viel ihrer Zeit mit Gesprächen verbringen, wollten wissen, was Jacoba und den Pfarrer wieder einmal gegeneinander aufgebracht hätte und freuten sich auf einen unterhaltsamen und lautstarken Schlagabtausch, der für einige Tage keine Stille in jeglicher Unterhaltung aufkommen lassen würde. Der Alteisenhändler nickte mit erwartungsfrohem Lächeln dem Tuchhändler zu, dessen Frau an seiner Seite zu den redefreudigsten Geschöpfen des Dorfes zählte. Das Quietschen ihrer alten Stühle, auf denen sie unruhig hin und her rutschten, vermengte sich mit dem Schmatzen der Bergleute vom nächstgelegenen Stollen. Als der Berufsstand mit enormem Appetit aßen sie große Teller voll weißem, mit viel Knoblauch durchtränktem Kraut, das zusammen mit Kartoffeln und Milch zu einem festen Brei bereitet und mit einer scharf würzigen Wurst serviert wurde. Der Wirt der Taverne schlängelte sich mit immer neuen vollen Krügen und Tellern durch die Menge hindurch und hielt nur ab und zu inne, um seine Kapitänsmütze abzunehmen und sich den Schweiß von der Stirn zu wischen. Seine Frau saß teilnahmslos in einer Ecke und rupfte eine Gans.

Als der Pfarrer seine Rede geendet hatte, wurde allenthalben von seinen Fürsprechern Beifall laut und er ging in seinem weiten, weißen Gewand, rauschend wie eine goldgelockte Dame, durch ihre Reihen seinen Segen spendend. Der Bildhauer Henrich ergeht sich im Folgenden in seinem Tagebuch in einem seitenlangen Exkurs zu den vielfältigsten Formen der Auserwähltheit und er selbst gedachte aus eigenem Nutz die Ankunft des Heiligen auf das herzlichste zu bewillkommnen. Doch geht der Glaube an die eigene Berufung selten einher mit einem blinden Vertrauen auf Gott und so argwöhnte er bereits am Abend, Jacoba mochte eben seine Chance in ihrer Sturheit noch verhindern, weshalb er ihr nach der Versammlung nachschlich und durch ein Fenster ihres Hauses spähte.

Jacoba saß dort an ihrem Tisch und betrachtete ihre Handflächen. Sie traute den Worten des Pfarrers ebenso wenig, wie sie Wilhelm insgesamt in all den Jahren getraut hatte. Der Teufel kommt in mannigfaltigen Formen, davon war sie überzeugt. Drei der Lebenslinien ihrer Hand überkreuzten sich genau an der Stelle, an der bei Jesus der Nagel durch die Handfläche geschlagen worden war, so dass sie die Form eines Sterns annahmen. Wie von einer Eingebung gelenkt, nahm sie ein Messer und ritzte das Muster ihrer

Lebenslinien in ein Holzbrett. Da rief sie ihre Knechte und wies sie an, alle Türrahmen der Wohnhäuser und Stallungen mit diesem Zeichen zu versehen. Sie selbst machte sich daran, ein eigenes Plakat zu malen.

❂ ❂ ❂

Des Satans Geschütze, mit denen er auf die Seelen der Menschen zielt, haben eine lange Lunte. Oft wird sie gezündet durch die einschmeichelnde Flüsterung direkt ins Herz, dass man selbst Besseres verdiene und es nur nicht bekäme, weil ein Anderer missgünstig das Glück zu verhindern suche. Der Weise erkennt diese Vergiftung des Herzens bereits in den Augen derer, die ihr anheimgefallen, ebenso an ihren Worten. So gibt denn Aufschluss über den Fortgang der Ereignisse ein Brief von Pfarrer Wilhelm, mit dem er um der Gerechtigkeit willen die Ungerechtigkeit unvermeidbar machte. Oh Herr, wie sehr wünschte ich mir, dass die Menschen doch die Frucht gottesfürchtiger Demut, mithin ein glückliches Leben, erkennen würden, anstatt sich stets darum zu sorgen, jener weltlichen Güter wie Ruhm und Ehre zu entbehren, die sie verdient zu haben glauben.

Pfarrer Wilhelm war zunächst zufrieden. Die Inbrunst seiner Rede hatte die Menschen inspiriert, wie er glaubte. Am nächsten Tag, nach dem Nachmittagstee, machte er sich auf zu seinem üblichen Spaziergang durch das Dorf, der ihn bis zur Wilhelmshöhe führte, von der aus man das ganze Tal überblicken konnte. Dort, wo die Hauptstraße sich an der Taverne links und rechts gabelte, blieb er abrupt stehen. Er sah ein Plakat mit der Aufschrift „Lasst den Teufel nicht herein" und dazu ein merkwürdiges Zeichen, das wie ein Stern aus drei sich kreuzenden Strichen aussah. Er wusste nicht, was es bedeutete, doch als er sich umsah, bemerkte er, dass es auch bereits an einigen Türrahmen eingeritzt war. Ärgerlich erinnerte er sich, was über sein Plakat geschmiert worden war, und er war sich sicher, dass dieselben Leute dies zu verantworten hatten. Das Zeichen selbst sah ihm wie eine Blasphemie des heiligen Kreuzes aus, Stamm und Querbalken in unnatürliche spitze Winkel verzogen, dazu der dritte Strich mitten hindurch, wie ein Verbot. Wer hatte sich ausgerechnet so ein Zeichen ausgedacht, um vor dem Teufel zu warnen? Es sah eher aus, als hätte es der Teufel selbst gemacht.

Als hätten sie zu leuchten begonnen, sah Wilhelm weitere Exemplare dieses Zeichens an den Türrahmen der Häuser, die die Straße säumten. Das Kreuz, das Symbol der Kirche Christie, entstellt und verunglimpft. Er spürte, wie sich seine Brust zusammen zog. Das Erscheinen des alten heiligen Mannes hatte böse Kräfte freigesetzt und der Teufel seine Abkömmlinge hierher gesandt zum Widerstreit. Mochte es sein eigenes Schicksal sein, den Alten zu schützen vor dem Gestank der Hölle, der sich in diesen Häusern bereits zu verbreiten schien. Er war sich sicher, dass die Schergen bereits im Untergrund gewirkt hatten. Die Zeichen an den Türen gaben einen sichtbaren Ausdruck dafür.

Noch am Abend berief Wilhelm eine kleine Versammlung in sein Pfarrhaus ein. Er berichtete von den Zeichen an den Türen und verlangte seinerseits, dass sie alle ein heiliges Kreuz in ihre Türrahmen ritzten. Ein Lichtquadrat fiel in der Dunkelheit auf die Straße und im Inneren waren die Schatten von Menschen zu sehen, die eifrig debattierten. Die Finsternis des sternenlosen Himmels war von solcher Art, dass sich in gewöhnlichen Zeiten kein Mensch nach draußen wagte, doch war Jacoba nicht die erste, die bemerkt hatte, dass mit der Ankunft des Alten etwas geschehen war, das als gewöhnlich zu bezeichnen unverhohlene Blindheit voraussetzte. So hatte sie ihren Knecht losgeschickt, das Haus des Pfarrers zu observieren und der kam mit interessanten Neuigkeiten.

Oh, wie gerne würde ich nun Remigius anrufen. Als unser Schutzpatron wurde ihm Sanftmut und besonders Versöhnlichkeit nachgesagt. Einen Moment stockt meine Feder. Begebe ich mich nun gar selbst auf sündige Pfade, indem ich mir anmaße eine schreckliche Wahrheit gegen eine schöne Legende einzutauschen? Obliegt es nicht Gott selbst und ihm allein zu bestimmen, was Wahrheit geheißen werden soll? In meinem Herzen spüre ich immer noch den Drang, die Geschichte weiter zu schreiben und möge mir der Herr Jesus jene göttliche Demut schenken, die ihn die unaussprechlichen Leiden am Kreuze hinnehmen ließ, damit ich keinen Frevel gegen ihn begehe, indem ich nun fortfahre. Ich möchte weinen, wenn ich die letzten Zeilen des Briefes von Pfarrer Wilhelm lese. Welche Sturheit, mit der er die Bäuerin Jacoba des Paktes mit Satan bezichtigte und selbst doch nicht merkte, wie der Abgrund bereits unter ihm gähnte.

So begab es sich, dass der Pfarrer und sein Gefolge, alle mit dem Kreuz am Revers, auf die Mannen um Jacoba just auf dem Kirchplatz stießen unter den Augen zahlreicher Bewohner des Dorfes. Auch die Knechte hatten das Zeichen Jacobas inzwischen an all ihre Anhänger verteilt. So standen sie da und ihre Anführer sahen sich in die Augen, auf jene Konfrontation nicht vorbereitet und trachteten nur danach, dem Anderen ein Zeichen der Schwäche abzuringen. Fast hatte es so ausgesehen, als würde sich ein Zweikampf entspinnen. In Zeiten, da das Haus Christie noch Einigkeit kannte, hatten die ost- und westfränkischen Heerscharen Ludwigs des Deutschen und Karls des Kahlen, der Irrungen und Wirrungen des Thronkrieges müde, ihre Anführer in der Sprache des jeweils anderen Treue schwören lassen, so geschehen bei Straßburg im Jahre des Herrn 842. Welch ein erhebender Moment der Weltgeschichte. Doch Jacoba und Wilhelm kannten schon längst nicht mehr die Sprache des Anderen. Denn Misstrauen lässt jedes Wort im Gehör verfremden und die Seele weilt allein, ängstlich und verlassen wie ein kleines Kind in einem tiefen Brunnen, unfähig, noch die Außenwelt zu sehen. So blieben sie einfach stehen, bis der Gendarm Bernhard endlich eigenmächtig das Wort an den Pfarrer richtete und an ihn appellierte, die Einigkeit des Dorfes zu wahren und sein Gefolge mit dem der Jacoba zu verbinden, um den alten Teufel aus der Hütte zu vertreiben. Der Pfarrer schwieg für einen Moment, als habe er tatsächlich in sein Herz hineingehorcht, um die Stimme Gottes zu hören. Doch der Bildhauer Henrich, seines Ruhmes gedenkend, wenn er dem Heiligen Alten sein erstes

Denkmal bauen würde, antwortete statt seiner, dass nur die Menschen im Gefolge der Jacoba einem schweren Irrtum unterlegen seien. Daraufhin gab es Tumult. Alle redeten und schrien gleichzeitig und zuletzt hatten aus Furcht zehn Männer des Pfarrers auf die Seite der Bäuerin gewechselt, fünf hingegen umgekehrt auf die Seite Wilhelms. Doch was sei es, jene Nichtigkeiten gegeneinander abzuwägen. Die Spaltung der Gemeinde war vollendet.

Seitdem ich ein junger Novize war, begleiteten mich die Worte des heiligen Augustinus von den zwei Reichen, dem irdischen und dem göttlichen. Die Kirchen, die Klöster, die Kathedralen, ja selbst der kleinste Marienschrein waren seither für mich die Punkte, in denen sich Gottes Reich bereits auf Erden zeigte. Und der jüngste Tag ist für mich noch stets kein Feuer speiender Weltuntergang, wie viele der Apokalypse des Johannes zu entnehmen meinen, sondern schlicht und einfach die Ankunft Gottes, der in seiner Herrlichkeit erstrahlend die letzten Flecken des irdischen Reiches seinem eigenen hinzufügt. Warum also fürchten sich die Menschen vor dem Reich Gottes? Warum nennen sie es den Weltuntergang? Ein Weltuntergang wird es nur für den Gefallenen sein. So ist er es, der den Menschen stets einflüstert, sie müssten sich vor dem Untergang fürchten und besonders gut schürt sich die Angst, wenn überhaupt nichts geschieht. Der gläubige Mensch wartet und vertraut.

Der zweifelnde Mensch erträgt nichts weniger als die Unsicherheit und das Warten.

So vergingen einige Tage in dem Dorf und je länger überhaupt nichts passierte, desto mehr fürchteten sich die Menschen. Überall, wohin sie gingen, sahen sie inzwischen die Zeichen Jacobas oder des Pfarrers. Sie machten ihnen die Anwesenheit des Bösen bewusst und so flohen auch die letzten, wenn nicht aus Überzeugung so zumindest aus Angst, in den einen oder den anderen Irrglauben, bis schließlich das ganze Dorf davon vergiftet war.

Der Bürgermeister saß in seinem Kantor und bemühte sich um die Antwort auf einen Brief des Händlers Johan, welche mir weiteren Aufschluss gab. Immer wieder ruft Johann ein Bild aus seiner Kindheit hervor. Damals hatte er oft mit seinen Freunden ein Spiel gespielt. Sie teilten sich in zwei Gruppen, eine besaß einen Korb Äpfel, eine einen Korb Birnen. So zogen sie los an einem Freitag und suchten so viele Häuser wie möglich mit einer Frucht zu bewerfen, möglichst an Stellen, die man nicht gut sehen oder nicht gut erreichen könnte. Wessen Früchte dann am Sonntagabend noch zahlreicher an den Fassaden der Häuser klebten, der hatte gewonnen. Es war, als würden sie damit ein Haus gewissermaßen in Besitz nehmen, die Stadt aufteilen in meine Häuser und deine Häuser. Genau so kam es ihm jetzt vor. Kaum ein Bewohner des Dorfes, der inzwischen nicht entweder das Kreuz oder die sternförmigen Linien in seinen Türrahmen geschnitzt hatte zum Zeichen, dass er entweder dem Pfarrer oder Jacoba wohlwollend zugetan war.

Der Bürgermeister konnte durch das Fenster sehen, wie über den Dorfplatz der Knecht von Jacoba mit einem großen Korb ging. Darin befanden sich offensichtlich Tücher und wenn er genau hinsah, so meinte er zu erkennen, dass sich auf ihnen Jacobas Symbol befand. Ihm war bereits aufgefallen, dass die Bewohner des Dorfes in letzter Zeit mit größerem Argwohn begegneten. Misstrauisch schauten sie sich an, wenn sie sich auf der Straße trafen und unverhohlen wurde die Frage gestellt, zu welchem Zeichen man sich gehörig fühle. Trafen zwei Gleichgesinnte aufeinander, so wurde die Stimmung konspirativ und man ließ sich aus über die Unverschämtheiten, die von der anderen Partei ausgegangen waren. Trafen zwei Gegner aufeinander, so schritten sie ohne viele Worte aneinander vorbei und drehten sich noch um, um zu sehen, wohin der jeweils andere ging. In der Taverne sollte es am Tag zuvor gar zu einer Schlägerei zwischen einigen Bewohnern gekommen sein. Dabei hatten die Anhänger Pfarrer Wilhelms mehrere Weinfässer in Mitleidenschaft gezogen, sodass am nächsten Tag an der Tür der Taverne auch Jacobas Zeichen prangte und die „Kreuzmenschen", wie sie genannt wurden, fürderhin keinen Zutritt mehr hatten. Die Tücher, so mutmaßte der Bürgermeister, sollten wohl jeglichen Zweifel an der Zugehörigkeit überflüssig machen und offen getragen werden.

Da klopfte es an die Tür des Kantors. Der Adjutant des Bürgermeisters trat herein und berichtete, dass er, wie aufgetragen, auf den Berg gestiegen sei und den Alten gesucht habe. Ob er ihn gefunden habe, wollte der Bürgermeister sofort wissen und der Adjutant bestätigte. Der Alte habe sich in die kleine Hütte zum Schlafen gelegt. Ob er dort nichts anderes tue als schlafen, wollte der Bürgermeister sofort wissen und der Adjutant bestätigte. Er habe den ganzen Tag und die ganze Nacht in der Nähe der Hütte ausgeharrt und der Alte habe nichts weiter getan als geschlafen. Ob ihm das nicht verdächtig vorkommen würde, wollte der Bürgermeister sofort wissen und der Adjutant bestätigte. Da begann auch der Bürgermeister sich zu sorgen, doch erst in jenem Moment, als das Feuer bereits hoch am Horizont aufloderte.

Dem englischen Dichter Shakespeare wird der Satz nachgesagt: „Um sein Ziel zu erreichen, zitiert selbst der Teufel aus der Bibel". Wenn ich mich nun anschicke, meinen Bericht über die furchtbaren Ereignisse zu einem Abschluss zu bringen, so kommt mir dieser Ausspruch wie jene Hand vor, die einst die Büchse der Pandora öffnete, um alles Leid auf die Erde herniederzulassen. Wenn zweifelnde Menschen die Wahl haben, ein Leid stillschweigend über sich ergehen zu lassen, weil es von Gott kommt, oder ein Leid zu bekämpfen, weil es vom Teufel kommt, so entscheiden sie sich für den Kampf gegen den Teufel. Dergestalt umhüllt sich der Gefallene mit dem Gewand der Worte, die einst zur Lobpreisung Gottes niedergeschrieben wurden, und verwirrt und verdreht sie, indem er sie gewaltsam ihrem Buche entreißt, gleichsam einer Pflanze, die aus ihrer

Muttererde gerissen wird, und sie wie seelenzerfressende Maden gegen die Köpfe der Zweifelnden schleudert. Jene Menschen, anstatt sich möglichst schnell von diesen Worten zu befreien, nehmen der Hände voll von ihnen und bewerfen sich noch gegenseitig damit, auf dass das Übel sich schneller verbreite.

So, wenn ich mich nun dem Bericht des Gendarmes widme, gehe ich wohl kaum mit der Vermutung fehl, dass er vorsätzlich den Hergang der Ereignisse dort enden ließ, wo sie für ihn zum Schlechten hätten ausgelegt werden können. Ihr Ausgang ist dem Vergessen anheimgefallen. Daher gebe mir der Herr ein letztes Mal die tiefe Einsicht in die Seele des Dokuments, auf dass es meinen Ergänzungen weder an Triftigkeit noch an Aufrichtigkeit fehle.

Am folgenden Samstag waren nur noch wenige Menschen bei der Abendandacht. Plötzlich durchhallte das Quietschen der großen Pforte das Kirchenschiff. Alle drehten sich um und herein trat Jacoba. Pfarrer Wilhelm setzte gerade in seiner Predigt an, eine Passage aus dem Buch Hiob zu lesen. Er sah Jacoba, wie sie gebeugt und demütig da saß und plötzlich erfasste ihn ein Grimm, den er bis dahin nicht gekannt hatte, doch fuhr er fort zu lesen:

„Ich aber weiß, dass mein Erlöser lebet; und er wird mich hernach aus der Erde aufwecken. Und nachdem meine Haut also zerschlagen ist, und ledig meines Fleisches, werde ich Gott schauen. Ich werde ihn schauen mir zu Heil; ja, meine Augen sehen ihn, und nicht als Gegner. Mein Herz verzehrt sich in meiner Brust. Wenn ihr nun sagt: „Wie wollen wir ihn verfolgen!" und in mir sei der

Sache Grund zu finden, so fürchtet euch vor dem Schwert –
denn das ist Schwertesverschuldung! – damit ihr erkennet,
dass es ein Gericht gibt."

Dann setzte er zu einer langen Erklärung an. Er spürte, wie Jacoba auch die letzten seiner Gemeinde auf ihre
Seite zu ziehen trachtete, wie sie mit ihrer Gegenwart die
gleichmütige Luft verpestete und indem er an all die Jahre seiner Entbehrungen dachte, die nun zu einer Erfüllung
strebten und nur diese eine Gestalt dort es zu verhindern
wünschte, brach es aus ihm heraus: „Deine Anwesenheit ist
nicht gottgefällig! Du kommst hierher, um die Gemeinde zu
entzweien! Pack Dich und scher Dich fort!"

Da schaute Jacoba auf. Langsam erhob sie sich und
starrte den Pfarrer mit durchdringendem Blick an: „Du
liest aus Hiob! Dann darf ich Dich wohl daran erinnern,
dass es der Satan war, der zu ihm auf die Erde kam, kein
Heiliger und kein Gott. Und ich darf Dich wohl an die
Worte Gottes erinnern, die er an Hiob richtete aus dem
Wettersturm: ‚Willst Du mein Urteil zunichtemachen und
mich schuldig sprechen, dass Du Recht behältst? Hast Du
einen Arm wie Gott, und kannst Du mit gleicher Stimme
donnern wie er?' Und jetzt frage ich Dich: Willst Du Dich
verantworten für das, was geschieht? Willst Du Dich vor
Gott dafür rechtfertigen müssen, dass Satan in Deiner Gemeinde unbehelligt weilt?"

Es war so still in der Kirche, dass das Heulen des durch
die Schluchten und Täler tobenden Sturms ganz nahe erschien.

„Aber es ist nichts geschehen", schrie Wilhelm.

„Es herrscht Zwietracht in unserem Ort", sagte Jacoba, „seitdem der Alte aufgetaucht ist und der Teufel ist es, der Zwietracht unter den Menschen säht, heimlich, nicht offen. Er flüstert uns zu, dass, was wir nicht haben, bekommen können oder das, was nicht mit uns geschehen darf, geschehen wird. Er macht Versprechungen und nichts geschieht, außer dass die Menschen sich hassen. Handle endlich! Denn so sprach Gott zu Hiob: ‚Zertritt die Gottlosen in Grund und Boden! Verscharre sie miteinander in der Erde, und versenke sie ins Verborgene, so will auch ich Dich preisen.'"

Wilhelm hielt inne. Er hörte, dass sich eine Menge draußen versammelt hatte und sah in die verängstigten Gesichter der wenigen, die sich noch in der Kirche befanden. Gottes Wege sind unergründlich, sagte er leise vor sich hin. Er sandte seinen eigenen Sohn auf die Erde, auf dass er geopfert würde. Vielleicht war es tatsächlich so, dass der Alte ein Lamm war, das für die Sünden der Dörfler leiden musste und damit für ihre Erlösung. Sie würden ihm später ein Denkmal bauen, es würden Wunder dort geschehen, Pilger würden kommen und der Ort zu einer heiligen Stätte werden. Vielleicht war es wirklich das Gottgefällige, das passieren sollte, keine Spaltung sondern Eintracht. Nur eines musste gewiss sein. Kein Mensch dürfe glauben, dass die Macht eines anderen Symbols als des Kreuzes zu dieser Läuterung beigetragen hatte.

„Wenn hier jemand eine Zwietracht säht", rief Wilhelm schließlich, „dann bist Du es! Du und Dein Gefolge mit diesem gottlosen Zeichen der Abtrünnigkeit! Wirf es weg und begib Dich wieder in die Obhut des Kreuzes! Dann möge geschehen, was Du verlangst!"

In diesem Moment wurde die Tür der Kirche aufgestoßen und die fünf Knechte Jacobas traten ein. Jeder von ihnen trug eine Fackel. Das Heulen des Sturms war jetzt ganz nah und am wolkenverhangenen Himmel zuckten Blitze. Die Menge draußen hatte sich geteilt. Jacoba trat gesenkten Kopfes vor den Altar. Als sie sich niederkniete und zu beten begann, drehten sich ihre Knechte um und traten wieder auf den Vorplatz. Wie gebannt waren die Augen der Menschen auf sie gerichtet.

Genau an dieser Stelle setzt der Bericht des Gendarmes aus und fährt erst am nächsten Morgen fort. Doch die Ereignisse mögen sich in etwa so zugetragen haben: Einer aus der Menge, vielleicht der Gendarm selbst, rief Frevelhaftes gegenüber dem Alten in der Hütte und mithin sich die Knechte der Jacoba in Bewegung setzten, folgten ihnen die versammelten Dörfler bis in den Wald und an die Hütte. Dort mag es kein Anzeichen dafür gegeben haben, dass der Alte etwas anderes tat als zu schlafen. Die Tür und die Fenster wurden von den Schergen verdichtet und die Hütte dann an allen vier Ecken sowie an der Eingangstür angezündet. Der Alte verbrannte im Inneren.

Eine seltsame Andeutung im Bericht des Gendarmes lässt mich waghalsig vermuten, dass kein Dörfler auch nur einen Laut von dem Alten gehört habe, während er verbrannte, kein Schrei, kein Trommeln an Wände oder Fensterladen, als hätte er sein Schicksal bereits vorausgeahnt und es willig über sich ergehen lassen.

Am nächsten Morgen, während über der Feuerstelle die letzten Zünglein Rauchs in den Himmel stiegen, stürmte ein Junge über die Hauptstraße und rief etwas davon, dass ein Tross von Polizisten aus dem Tal auf dem Weg zum Dorf waren. Die Bewohner, die ein Zeichen Jacobas an der Tür hatten, beeilten sich es verschwinden zu lassen, denn wenig später wurden sie und ihre fünf Knechte verhaftet und, nach einer Zeit in der Zelle, zunächst dem Haftrichter, dann dem Scharfrichter vorgeführt. Sie hauchten ihren Lebensatem am Galgen aus. Die anderen Bewohner bezeugten, dass diese sechs in jener Nacht nach der Hütte gezogen waren und sie in Brand gesteckt hatten. Pfarrer Wilhelm eilte noch am selben Tag zur Feuerstelle und bemühte sich, Knochen des Leichnams zu finden, doch vergeblich. So nahm er an Knochen aus Tierkadavern mit, was er in der Umgebung finden konnte und beauftragte Henrich, eine Statue für den Sterbeplatz des Alten und einen Schrein für die Knochen zu errichten. Wenig später fanden sich einige Zeugen, die beschworen, dass an jener Statue ein Blinder sehend, ein Lahmer gehend und ein Mensch von seinem Wahnsinn befreit wurde. Der Alte bekam nun den Namen Remigius, wurde zuerst Märtyrer, dann Seeliger und schließlich, nachdem zu jenem Ort einige Jahrzehnte gepilgert wurde, ward unser Kloster auf den Lügen jener Menschen errichtet. Durch die Träume der Brüder von einer gerechten Welt wurde es jahrhundertelang am Leben gehalten, bis Du mich erwählt hast, der Zeit ihr finsteres Geheimnis zu entreißen. Doch Herr, wenn so viele Menschen hier glücklich gelebt haben, geheilt wurden von den

Wunden des irdischen Seins, ist jene Hoffnung dann nicht ebenso wirklich, wie Deine Allmacht es ist?

Meine Seele ist schwach und ich bin müde, oh Herr, nun da ich die Erzählung vollendet habe. Über Jahre habe ich nur einen falschen Traum gelebt, bin ich Abt eines Ortes der Lügen gewesen und über Jahre habe ich, da ich mich in einem Teil Deines Reiches wähnte, doch nichts anderes getan, als über einem Abgrund gelebt. Nun ist das Kloster verlassen. Kein Mönch wird mehr innerhalb seiner Mauern wandeln, keine Messe gefeiert und keine Andacht gehalten werden. Doch nun, da ich in Dunkelheit und Einsamkeit mich wähne, spüre ich, wie sehr Du mich begleitet hast, wie sehr Du mir in diesem dunkelsten Tal doch die grünen Auen gezeigt hast, mich behütet und beschützt zunächst vor der Wahrheit und als Du meinen Glauben stark genug wähntest, mich dieser ausgesetzt hast. So werde ich trotz jeder Pain dies dankbar als Dein Geschenk annehmen und dafür beten, dass Du fürderhin besonders jene Menschen an Deinem unendlichen Wissen teilhaben lässt, die sich dessen durch ihren demütigen Geist als würdig erweisen.

Das Museum

An einem ganz normalen Tag – und man möchte gerne glauben, dass es ein Donnerstag war, natürlich im Sommer, aber es könnte auch Herbst oder Frühling gewesen sein, nur nicht Winter, nein, Winter wäre wirklich unvernünftig gewesen – kam eine Gruppe von Schülern in ein Museum. Sie streunten durch die einzelnen Abteilungen, sahen sich mal hier mal dort um und der Museumsführer freute sich jedes Mal, wenn einer der Schüler stehen blieb und etwas Vernünftiges sagte. Denn, das wusste jeder, das war die Ausnahme. Die meisten von ihnen gingen durch die Ausstellungsräume und zeigten nicht einmal eine Reaktion. Sie sahen auf ihre Handys und das, wie ebenfalls jeder wusste, war ein Zeichen von Ignoranz.

Zwei besonders ignorante Schüler, ein Junge und ein Mädchen, hatten den Anschluss an ihre Gruppe verloren, weil sie immerzu auf ihr Handy schauten. Der Museumsführer bemitleidete sie, verspielten sie doch gerade ihre Zukunft, ihre einmalige Chance, ein bisschen Kultur zu sehen und Kultur war sehr wichtig für die Bildung und Bildung war sehr wichtig für die Zukunft und wofür die Zukunft sehr wichtig war, hatte der Museumsführer vergessen, aber das machte nichts, denn schließlich konnte er sich ja nicht um alles kümmern. Er traf das Mädchen und den Jungen in einen Raum, in dem drei Glaskästen in einer Reihe aufgestellt waren.

„So, nun macht aber mal, dass ihr weiter kommt. Trödelt nicht so und träumt nicht herum! Los, los! Und schaut nicht immer auf Eure Handys. Hier in diesem Raum findet ihr unsere besten Exponate. Da könnt ihr eine Menge lernen", sagte der Museumsführer.

„Expo- was?", fragte der Junge, ohne von seinem Handy aufzuschauen.

„Oh, was für eine Katastrophe! Was soll aus dieser Welt noch werden?", rief eine Stimme aus dem mittleren der drei Glaskästen. Sie gehörte einem Mann Ende fünfzig mit langen grauen Haaren und einer kreisrunden Brille, der darin vor einem Fernseher saß. Und man möchte gerne glauben, dass das sehr vernünftig war.

„Exponate", sagte der Museumsführer freundlich, „das kommt aus dem Lateinischen von dem Wort exponere und das bedeutet aufstellen. Exponere, expono, exposui, expositum, wobei das Partizip Perfekt Passiv mit dem Adjektiv gleichzusetzen ist und das auch jemanden bloßstellen oder jemanden aussetzen bedeuten kann, aber geschieht hier natürlich nicht, haha."

Der Museumsführer lachte.

„Wir hatten kein Latein in der Schule", sagte das Mädchen, ebenfalls ohne aufzuschauen.

„Oh mein Gott! Kein Latein, was habt Ihr bloß aus denen gemacht!", ertönte eine Stimme aus dem ersten Glaskasten. Sie gehörte einer Dame, die bestimmt im Herbst ihrer siebenten Lebensdekade stand und vor einem Radio saß. Das war ohne Zweifel sehr vernünftig.

„Frag die doch!", sagte der Langhaarige im mittleren Glaskasten und wies kurz in die andere Richtung, bevor er aufstand und in den Ritzen seines Sessels zu wühlen begann: „Wo ist diese scheiß Fernbedienung?"

In der Ecke, auf die sein Finger wies, saß in dem dritten Glaskasten eine ganz in schwarz gekleidete Frau Ende dreißig vor einem Computer, der auf einem über zwei Stapel Bücher gelegten Brett stand. Und dass das äußerst vernünftig war, muss wohl nicht mehr erwähnt werden.

„So, was habt ihr gelernt?", fragte der Museumsführer den Jungen und das Mädchen.

„Ja, also…", setzte der Junge an, indem er kurz von seinem Handy aufschaute.

„Schreiben wir darüber einen Test?", fragte das Mädchen, während ihre Finger über ihr Display flitzten.

„Nein, ich bitte euch", lachte der Museumsführer, „das ist sehr unmodern. Heute geht das alles viel einfacher. Ihr müsst einfach hier durchgehen und schon wissen wir, ob Ihr etwas gelernt habt."

Er wies den Jungen und das Mädchen an, durch einen stählernen Rahmen zu gehen, ähnlich jenen, mit denen die Passagiere eines Flugzeugs am Terminal nach Waffen durchleuchtet werden.

„Das macht die Messergebnisse viel genauer", strahlte der Museumsführer und sein Lächeln verriet, dass er gerade zwar immer noch nicht wusste, wofür die Zukunft wichtig war, aber mit Sicherheit der Fortschritt in den nächsten

Jahren das auch noch zutage fördern würde, waren doch durch die moderne Technik inzwischen die optimalen Bedingungen dafür geschaffen.

Der Junge und das Mädchen gingen ein paar Schritte auf den Stahlrahmen zu und blieben zögernd stehen.

„Nun, los, los. Geht da durch!", sagte der Museumsführer ungeduldig und schob die beiden näher. Das Mädchen ging voran und als sie unter dem Rahmen stand, ertönte ein lauter hupender Ton und eine rote Lampe leuchtete auf. Dem Jungen geschah dasselbe.

„Oh, diese Unwissenheit!", rief die Alte.

„Oh, diese Lustlosigkeit!", rief der Langhaarige.

„Oh, diese Verwöhntheit!", rief die Blonde.

„So, das war wohl noch nichts", sagte der Museumführer mit freundlicher Stimme, „am besten ihr geht noch einmal hin und seht zu, dass ihr noch etwas lernt."

Der Junge und das Mädchen schritten zum ersten Glaskasten und der Museumsführer lobte sie, dass das sehr vernünftig war.

„Was sollen wir denn hier lernen?", fragte der Junge.

„Oh mein Gott", rief die Alte, „so sind sie. Wissen nichts von Goethe oder Schiller, kennen keinen Thomas Mann. Kein Wunder, sag ich nur, kein Wunder. Das haben wir früher mit der Muttermilch aufgesogen."

„In Deutsch habe ich eine fünf", sagte das Mädchen entschuldigend, „ich wusste nicht, was Goethe uns damit sagen wollte."

„Den hast Du doch gar nicht gelesen, außerdem sind das alte Hüte", sagte der Langhaarige, ohne sich von seinem Fernseher abzuwenden, „wir haben damals die richtigen Klassiker gelesen! Freiwillig! Marx, Lenin und Rosa Luxemburg. Wir wollten etwas verändern!"

„Ach, ihr wart eine Bande von Taugenichtsen", rief die Alte.

„So, dann kommt noch einmal mit", sagte der Museumsführer freundlich und führte den Jungen und das Mädchen wiederum zu dem Metallrahmen und wiederum erschallte das hupende Signal und das rote Licht leuchtete.

„Ach, nein, immer noch nicht", sagte der Museumsführer etwas ratlos, „na gut, dann kommt noch einmal mit."

Das Mädchen und der Junge gingen vor den zweiten Glaskasten. Der Langhaarige sah immer noch in den Fernseher.

„Was siehst Du Dir da an?", fragte das Mädchen.

„Oh, diese Ignoranz", sagte der Langhaarige, „das ist Jimmie Hendrix, der war noch ein echter Rebell. Damals sind wir auf die Straße gegangen für unsere Überzeugungen."

„Ach, getanzt und gesungen habt ihr", sagte die Blonde im dritten Glaskasten, „das war keine richtige Rebellion. Wir sind richtig auf die Straße gegangen und haben Krawall gemacht!"

„Wir haben gegen die Ungerechtigkeit in Vietnam demonstriert", sagte der Langhaarige.

„Alles bequemer Idealismus. Wir haben gegen den Nato-Doppelbeschluss demonstriert. Da war die Welt wirklich am Abgrund!"

„Vietnam!"

„Doppelbeschluss!"

„Vietnam!"

„Doppelbeschluss!"

„Vietnam!"

„Doppelbeschluss!"

„So, Kinder. Kommt noch einmal mit", sagte der Museumsführer und wieder machte der Metallrahmen dasselbe Geräusch und die rote Lampe leuchtete.

„Mmh, so langsam müsstet Ihr aber etwas gelernt haben. Ich glaube Ihr braucht Nachhilfe", sagte der Museumsführer, während von draußen Geräusche eines Tumults in den Raum hereinschallten.

„Hören Sie mal, da draußen passiert irgendetwas!", sagte das Mädchen.

„Das ist nicht wichtig", sagte der Museumsführer. „Wichtig ist, dass ihr etwas lernt. Bildung ist wichtig."

„Und vernünftig?", fragte der Junge.

„Sehr gut, Du machst Fortschritte. Also geht noch einmal hin."

Der Junge und das Mädchen stellten sich vor den dritten Glaskasten. Die Blonde tippte auf ihrem Computer herum.

„Was ist das für ein Computer?", fragte der Junge.

„Natürlich kennst Du den nicht", sagte die Blonde abfällig, „das ist ein Commodore 64. Den musste man noch richtig programmieren. Da brauchte man Köpfchen für. Jeder, der einen hatte, konnte den auch programmieren."

„Ach, ihr habt auch nur stundenlang davor gesessen und Euch berieseln lassen", sagte der Langhaarige, ohne von seinem Fernseher aufzuschauen.

„Das müsst ihr gerade sagen", rief die Alte, „ihr habt Eure Jugend vor dem Fernseher verbracht. Davon wegreißen musste man Euch! Wir hatten damals nur das Radio und wenn da einmal die Woche ein Hörspiel lief, dann haben alle wie gebannt davor gesessen."

„Wir konnten schon mit acht Jahren programmieren!", rief die Blonde.

„Verblödet seid ihr vor dem Ding!", rief der Langhaarige.

„Und ihr ward eine Bande verwöhnter Blagen!", rief die Alte.

„Besser als heute, wo die Jugend überhaupt nichts mehr lernt, keine Bücher mehr liest, sondern nur noch abgelenkt ist und sich für nichts mehr interessiert", rief die Blonde.

„Genau! Damals war es besser als heute!", riefen die Alte und der Langhaarige gleichzeitig.

„So Kinder, dann kommt noch einmal mit", sagte der Museumsführer und schritt auf den Metallrahmen zu.

„Also, was habt ihr gelernt?"

„Bildung ist wichtig", sagte das Mädchen.

„Und vernünftig", sagte der Junge.

„Sehr gut, dann geht noch einmal hindurch."

Als das Mädchen und der Junge durch den Metallrahmen gingen, ertönte ein glockenheller Klang und ein grünes Licht leuchtete.

„Sehr gut, weiter so", sagte der Museumsführer und verabschiedete den Jungen und das Mädchen. Dann schritt er an den Glaskästen vorbei und sagte zu sich selbst:

„Ja, die Jugend von heute. Die braucht schon eine starke Hand."

Sandbank

Als vergangenen Sommer Passanten an den Hamburger Landungsbrücken spazierten, sahen Sie einen Vogel, wahrscheinlich eine Möwe, die sich auf die Rückenlehne einer Bank niedergelassen hatte. Er war ein Vogel von geringem Verstand, jedenfalls sagte man das über ihn. Ihn störte das nicht, denn er hatte eine schöne Stimme, tief und voll, und tatsächlich war es so, dass er Siegfried hieß. Weder wusste er, was eine Oper ist, noch kannte er Richard Wagner, noch kannte er Menschen, die Wagner kannten oder welche, die damit angaben, Wagner zu kennen. Er mochte sie, die Menschen. Sie wussten nicht, wie alt er war und dass alle Vögel sehr alt wurden. Aus denen, die jung starben, schlossen sie, dass alle jung starben. Das nannten sie Denken, eine wunderliche Eigenart, aber das war dem Vogel egal, so lange sie nicht fliegen konnten. Und sie behaupteten immer, dass alle Dinge Namen hätten, obwohl sie sie ihnen selbst gaben.

Er pickte einige Sandkörner auf, die jemand auf der Bank liegen gelassen hatte und betrachtete eine Frau, die mit großer Sorgfalt Kreidestriche auf den Steg zeichnete. Sie schien hoch konzentriert, verbrachte einige Zeit auf ihren Knien und hatte nichts weiter bei sich als zwei Ziegelsteine, die sie neben sich auf den Boden gelegt hatte, damit sie ihr beim Zeichnen nicht im Weg seien.

Ein Polizist, der den Weg entlang kam, interessierte sich für die Frau. Er blieb vor der Zeichnung stehen, marschierte einige Zeit im Stechschritt auf und ab, doch sie zeigte keine gebührliche Reaktion. Das war der Beamte nicht gewohnt, denn normalerweise achteten die Menschen auf ihn, wenn er kam. Als dann noch der Vogel nicht von der Bank wegflog, was ebenfalls normal gewesen wäre, setzte der Polizist jenen strengen Blick auf, den er täglich vor dem Spiegel übte, und sprach die Frau an.

„Entschuldigen Sie! Wird das ein Bild?"

„Nein, eine Garage", murmelte die Frau.

Der Polizist räusperte sich.

„Aha, soso, aber wozu?"

Direkt hinter ihnen befand sich ein Fischrestaurant. Der Polizist bemerkte, dass neben dem Vogel auch ein älteres Ehepaar dem Gespräch lauschte. Er räusperte sich erneut. Endlich schaute die Frau auf.

„Haben Sie eine Garage?", fragte sie.

„Äh, ja."

„Und haben sie ein Auto?"

„Ja."

„Sehen Sie, ich habe keins von beiden und deshalb will ich hier jetzt meine Garage bauen."

„Und womit? Also, haben Sie noch mehr als diese beiden Steine?"

„Nein, bis jetzt noch nicht. Der Rest ist ein Traum. Aber man muss irgendwo anfangen."

Die Frau wandte sich wieder ihrer Arbeit zu.

Von dieser Antwort erstaunt stieß der ältere Mann am Tisch eine Kartoffel von seinem Teller. Er wollte sie noch greifen, aber sie rollte ungebremst, bis sie ein paar Meter entfernt endlich liegen blieb. Bevor der Polizist noch etwas sagen konnte, war ganz in der Nähe ein Schrei zu hören:

„Nein, verschwinde, hau ab, lass mich in Ruhe!"

Eine große Brünette mit Stöckelschuhen und Pelzmantel kam angerannt. Hinter ihr her lief ein Kellner. Der rief mit deutlichem französischem Akzent:

„Aber Madame, was haben Sie denn? Ich wollte mich doch nur vergewissern, ob alles in Ordnung ist."

Doch die Brünette war nicht mehr zu halten. Sie stürzte ans Ufer, kreischte mit schriller Stimme: „Dann nimm mich eben jetzt!" und sprang ins Wasser.

„Wollen Sie ihr nicht helfen?", fragte der alte Mann am Tisch den Polizisten.

„Nein", sagte der Polizist, „wir können erst etwas tun, wenn Sie 24 Stunden vermisst ist."

„Ich versteh das nicht", sagte der Kellner langsam auf den Polizisten zugehend, „meine Tintenfische sind erstklassig und doch ist es nun schon die Dritte diese Woche, die daran etwas auszusetzen hat."

„Servieren Sie sie kalt?", fragte der Polizist.

„Natürlich nicht", empörte sich der Kellner, „sie sind frisch aus dem Ofen und man darf sie auch nicht zu lange drin lassen, sonst werden sie weich."

Der Kellner, der keiner sein wollte und daher beschlossen hatte, dass er ab sofort Lohengrin heiße, sah etwas verwundert auf die Frau mit den Ziegelsteinen.

Plötzlich stieg ein Taucher aus der Elbe und ging auf die beiden Männer zu.

„Entschuldigen Sie, wissen Sie wie ich zur Steingasse komme?", fragte er höflich.

„Das ist ganz einfach", antwortete der Polizist, „sind Sie mit dem Auto?"

„Ja, aber mir ist unten das Benzin ausgegangen."

„Oh Gott, sie haben doch hoffentlich die Fenster zu gemacht."

„Selbstverständlich. Eine Frau sitzt noch bei mir im Wagen. Ich habe sie als Anhalter mitgenommen."

„Sie wissen, dass das in diesem Abschnitt der Elbe verboten ist."

„Aber sie wollte an den Landungsbrücken raus. Ich konnte sie nicht stehen lassen. Außerdem ist es heute sehr feucht da unten."

„Nun gut", sagte der Polizist, „ich belasse es bei einer mündlichen Verwarnung. Aber versuchen Sie, ihren Motor zu entwässern. Auf die Art könnten Sie eine Geschwindigkeit von sechzig Sekunden pro Minute erreichen."

Der Mann schnitt eine Grimasse, drückte auf seine Schlüssel und seine Augen blinkten zweimal auf. Dann glitt er zurück in die Fluten. Daraufhin nahm der Polizist eine entsicherte Banane aus seinem Halfter, schälte sie und biss hinein.

„Nun, gute Frau", sagte er kauend, „Sie wissen, dass das Hochbahnkonsortium hier im Moment das Sagen hat. Bei baulichen Veränderungen müssen Sie außerdem eine Genehmigung des Liegenschaftsamtes beantragen. Wie lange bauen sie denn schon an Ihrer Garage?"

Die Frau antwortete nicht und wog stattdessen nachdenklich einen Ziegelstein hin und her.

„Nun, dann bleibt mir wohl nichts übrig als sie auf's Revier mitzunehmen."

Es ertönte ein donnerndes Gelächter aus dem Hintergrund.

„Ein Verrückter, seht doch nur, ein Verrückter."

Der Polizist sah sich um und erblickte eine Gruppe Matrosen. Sie schauten einem Hafenarbeiter hinterher, der – sich am ganzen Körper kratzend – hin und her sprang.

„Er hat sich angesteckt", rief der ältere Mann und die Matrosen sangen im Chor:

„Er hat Läuse! Er hat Läuse! Bringt ihn schnell zum Kommandeur!"

Der Polizist wandte sich der Frau auf dem Steg zu.

„Nun, wie sie sehen, halten Sie hier den ganzen Verkehr auf. Warum mieten Sie sich nicht erstmal ein schönes Fahrzeug und bauen dann ihre Garage?"

Die hysterische Brünette stieg wieder aus dem Wasser. Einen Moment schaute sie sich um, ob sie auch keiner entdecken würde. Dann schritt sie langsam auf den Polizisten zu. Der jedoch schaute nur zu der Frau, die ihre Garage baute. Der Kellner langweilte seine Gäste mit ihrem Wohlbefinden.

„Möchten Sie noch etwas Dessert, bevor ich den Aperitif serviere?"

„Nein, Sie Idiot!", schnauzte der alte Mann. „Der Aperitif ist vor dem Essen, das Dessert hinterher!"

„Aber Sie haben das Menu für zwei Personen bestellt. Das ist individuell kombinierbar."

„Oh, individuell", sagte die alte Dame.

Derweil hatte die Brünette den Polizisten erreicht.

„Entschuldigen Sie, was haben Sie gesagt?"

„Ich sagte, wir können erst etwas tun, wenn Sie 24 Stunden vermisst sind. Sehen Sie, der Hafenarbeiter hat Läuse, aus dem Elbtunnel läuft das Wasser, aber wir können nicht weitermachen, ehe ich mit dieser Dame alles geklärt habe."

„Schöne Garage!", sagte die Brünette.

„Danke", antwortete die Frau.

„Es ist keine Garage, es sind zwei Ziegelsteine und ein paar Kreidestriche!", ereiferte sich der Vollzugsbeamte.

„Es ist ein Traum", antwortete die Brünette.

„Mit Träumen können wir hier nichts anfangen", widersprach der Polizist und überprüfte derweil, ob die Frau mit den Ziegelsteinen noch Fingerabdrücke hatte.

Die Brünette rief einen Matrosen zu sich und ließ sich ein Handtuch reichen.

„M'am", sagte er mit warmer, heiserer Stimme, „was hat sie kürzlich so erregt?"

„Der Sonnenaufgang über den Wäldern. Das leise Zirpen der Vögel. Der Fuchs schleicht durch sein Revier. Der Salamander züngelt sich an einem Erdloch vorbei. Der Dachs schaut mit müden Augen in den neuen Tag, bis er zur Mittagsstunde kräftig anzieht."

„Sie investieren in Aktien?"

„Selbstverständlich."

„Das ist vertretbar, aber ich meinte, warum sind sie vor dem Kellner davongelaufen?"

„Ja, ich gebe zu, ich war ein bisschen in Eile. Aber das Wasser ist ja hier nicht tief."

„Achten Sie nur auf den Verkehr, M'am", sagte der Matrose und salutierte.

„Das werde ich", sagte die Frau gerührt und Tränen flossen über ihre Wangen. Sie sprang wieder in die Fluten.

Der alte Mann hatte inzwischen mit dem Aperitif gegen das Dessert gewettet, dass der Hauptgang später kommen würde. Seine Frau schuppte einen Fisch und machte sich darüber Gedanken, warum Elche keine Schoßtiere sind.

Die Frau, die ihre Garage baute, schaute den Polizisten voller Mitleid an.

„Was wollen Sie?", fragte der Beamte irritiert, doch die Frau antwortete nicht.

Derweil verkündete auf dem großen Stegplatz einer der beiden Prediger, die sich für Jesus hielten und sich daher nicht mochten, von einem hohen Ross:

„Im Grunde will ich Dir meinen Glauben mitteilen, dass wir beide dasselbe fühlen. Mag es noch so ungewiss sein, doch wir sehen unterschiedlich. Gefühle, ja Gefühle sind allzeit ähnlicher Natur. Wir verspüren alle Hass, Sehnsucht, Liebe oder Schmerz. Doch eher gleicht ein Fingerabdruck einem anderen, bevor die Perspektive zweier Menschen auch nur im Groben übereinstimmt. Du sagst mir etwas, das mir so gefällt, dass ich Dich bewundere. Das unbedingte Bestreben, in Dir ebenso Bewunderung für mich auszulösen, ringt mir, ob seiner scheinbaren

Unerreichbarkeit ein Gefühl der Verzweiflung ab, welches sich auch auf meinem Gesicht nicht verbergen lässt. Doch Du wiederum deutest meinen Blick als negative Wertung deiner Erzählung, weshalb auch Dich ein negatives Gefühl beschleicht. Auf diese Weise haben wir unsere Skepsis gegeneinander genährt und schon sinkt die Chance eines Übereinkommens. Währet, liebe Brüder und Schwestern, der Anerkennung!"

Der andere Jesus schüttelte verständnislos den Kopf. Da hob der Sprecher die Faust und schlug ihn k.o.

Die Frau, die ihre Garage baute, zeichnete derweil einen langen Strich.

„Sie lesen wohl viele Comics, werte Frau", sagte der Polizist, „vielleicht sollten Sie sich mal überlegen, ob es nicht besser wäre, endlich auf den Boden der Realität zu kommen!"

Der Polizist nahm seine Handschellen heraus, legte sie auf die Bank und fesselte die Frau mit einem Aal, denn er war ein Tierfreund. Dann führte er sie ab. Der alte Mann fischte ein Haar der Brünetten aus seiner Fleischsuppe und verklagte wenig später den Kellner. Die Matrosen veranstalteten ein Wetttrinken um die Ziegelsteine, das Stück Kreide nahm der Taucher an sich, damit er sich unten nicht verirrte. Ein Kind, das von seiner Mutter an der Hand geführt wurde, stellte sich vor, die Kreidestriche auf dem Steg wären ein Haus.

Derweil hatte der Vogel, der tatsächlich Siegfried hieß und sein ganzes Leben lang niemals denken konnte, sich mit zwei Flügelschlägen von der Bank erhoben und schwebte davon. Über die Verladekräne des Hafens flog er, sah kleine und große Trauben von Menschen, weiter weg von der Stadt, an kleinen Dörfern und großen Wäldern, Wiesen und Feldern vorbei, bis schließlich der auffrischende Wind ihn über Dünen bis zu seiner Sandbank trug.

Dämonen

Handschriftliches Fragment, gefunden in einer Pfarrbibliothek in K., Umweltpapier, mit Bleistift geschrieben, Seitenzählung (fehlend: S. 3, S. 6, S. 15, S. 16, S. 19), gelocht, Lochstellen eingerissen, lose eingefügt zwischen den Büchern „Leopold von Ranke: Weltgeschichte, Bd. 2" und „Historisch politisches Quellenbuch. Von der Germanenzeit bis zur Reformation".

[Seite 1]

Bericht über den Kontakt psychoplastischer und physiospiritueller Art zur Erlangung des Lehrlingsgrades betreffend die Abhandlungen zu Angst vor Haltlosigkeit, zu Angst vor dem Fremden, vor der Courage sowie zu Gier nach Märtyrertum und Vergeltung, inklusive der Schilderung meiner Schlussfolgerungen gerichtet an den ehrwürdigen Rat.

Was ich dem ehrwürdigen Manuskript der Alraune-Gesellschaft hinzuzufügen habe, schreibe ich mit der vollen Absicht, mit Beendigung desselben meinen Tod zu organisieren. Ein derart allumfassender Lebensirrtum, wie er sich mir offenbart hat, muss zwangsläufig darin münden. Das Wissen, das zu erlangen ich mir mehr als alles andere wünschte, isoliert und straft mich nun. Meine Mitmenschen liebe ich nicht mehr, wenn Liebe nicht ohnehin der größte Betrug von allen ist. Meine Seele ist erstarrt und mein Körper scheint wie im ewigen Eis der Hölle gefangen, wenn ich mir vergegenwärtige, dass dies als Einziges unter allem, was wir für wirklich halten, kein Traum ist.

Mein Leben habe ich der spirituellen Entwicklung und der Suche nach Einklang mit den kosmischen Kräften gewidmet. Bereits mit Vollendung meines zehnten Lebensjahres begann ich, den Weg der Selbstfindung auf religiösen

[Seite 2]

und esoterischen Pfaden zu beschreiten. Später lehrte ich Marma-Yoga und brachte es auf eine beachtliche Zahl von Anhängern, die mir eine in manchen Fällen nahezu prophetenartige Anerkennung zu Teil werden ließen. Mein Zentrum genoss landesweite Bekanntheit. Ich schrieb Bücher in beträchtlicher Auflage. Von der Alraune-Gesellschaft versprach ich mir, Aufschluss über die tatsächliche Einheit von Körper, Geist und Seele zu erlangen. Das habe ich geschafft. Die ersten Stufen der Initiation meisterte ich noch in dem vollen Bewusstsein, lediglich einen weiteren Pfad meines Erkenntniswegs zu bestreiten.

In meiner Reflektion zur ontologischen Phänomenologie der Erscheinungen bin ich dann auf das Folgende gestoßen. Wie mir aufgetragen wurde, bin ich an den Ort zurückgekehrt, den ich als Ausgangspunkt meines Lebens betrachte, einen alten, inzwischen verlassenen Bauernhof an den Feldern, die sich jenseits des Waldes nahe der kleinen Stadt M. erstrecken. Mein Bericht ist das Protokoll meines Absturzes vom Gipfel in die Abgründe der Verzweiflung. Es waren die Dämonen. Sie kamen

[Seite 4]

Gerade komme ich vom jüdischen Friedhof. Es ist still dort. Ich sehe nichts, keine Schatten, keine Wolken, keinen Nebel. Der Ort liegt in einem abgelegenen Teil des Waldes an einem Hang, wo selten ein Mensch hinkommt. Wenn der Regen im Frühling die Erde aufweicht, neigen sich die Steine ein wenig. Im Herbst fallen die Blätter, wie es ihnen beliebt, auf die Gräber herab, Tiere hinterlassen ihre Spuren, die sich in Hagelschauern unkenntlich verformen und im Schnee festfrieren, so dass sie befremdlich aussehen. Moos breitet sich allenthalben über die Steine aus, die Schriften darauf sind verwaschen. Es gibt keine Wege, nicht einmal Pfade durch ihre wilde Anordnung. Wenn es so ist, wenn also die Menschen die Natur ganz sich selbst überlassen an einem Ort, der für sie die peinliche Erinnerung an die eigene Sterblichkeit birgt, so glauben sie, dass es dort spukt. Aber ich sehe nichts. Und warum auch? Die Natur ist

[Seite 5]

eine lebendige, jedes Individuum überdauernde Wesenheit, die keiner zusätzlichen Mächte bedarf, um Spuren zu hinterlassen. Die Grenzen, die ein Schöpfer dem Menschen gesetzt hat, sind nicht die seiner Möglichkeiten, sondern die seiner Ängste.

Doch nun gehe ich, nachdem ich den Wald hinter mir gelassen habe, einen Feldweg entlang hin zu dem Bauernhof, auf dem es, wie ich nun weiß, von Dämonen nur so wimmelt. Früher nannten sie es Mediationszentrum oder auch Begegnungsstätte. Ein Ort der Ruhe, wie sie sagten, ein Ort, an dem sie den Alltag hinter sich lassen und ganz sie selbst sein können. Nun ist er von Menschen verlassen, übrig ist, was sie hier einst abzustreifen glaubten. Früher ging ich hier

[Seite 7]

Ich weiß, dass es hier nachts ganz dunkel ist. Soviel ist mir von meiner Erinnerung noch geblieben. Weil die Sonne meinen Blick in einen Saft von Blutorangen taucht, öffne ich das quietschende Tor mit den Gedanken an meinen ersten Abend hier, als mir in all meinen Jahren die Suche nach Weisheit in erster Linie eine Droge war, der ich mich ganz und gar verschrieb. Dann gehe ich den alten Weg entlang. Hunderte Grashalme räkeln sich auf den Pflastersteinen des Weges. Die Büsche und Sträucher, müde von der Anstrengung des Jahres, sind glücklich nun von Sturmböen gestreckt, vom Regen gereinigt und von Wolken vor der Sonne beschützt zu werden. Ihr Knistern und Rauschen beherrscht die Stille.

Doch dann sehe ich die Fenster des Haupthauses und die letzten landwirtschaftlichen Geräte in ihrem Verschlag, immer stets wohl geordnet, als mache man ihnen jeden Tag die Hoffnung, dass sie irgendwann doch noch einmal zum vorbestimmten Zweck gebraucht würden. Verständnislos hoffend lehnen sie an den schweren Balken, der den Verschlag mit Mühe zusammenhält. Dort, zwischen ihnen, sehe ich die erste

[Seite 8]

dämonische Erscheinung schweben. Sie hat die Form eines Steppenläufers, der vom Wind zwischen den Balken wie durch eine Westernstadt geweht wird. Statt Äste hat er unzählige Arme und Hände, die alle aus einer unsichtbaren, gesichtslosen Mitte zu wachsen scheinen und sich zwecklos an die Gerätschaften zu klammern versuchen. Kein Kopf, kein Mund, keine Augen, zurückgelassen von jenen Menschen, die Halt suchten, die täglich verzweifelt flehten um den Sinn ihres Daseins, den sie in einer Beschäftigung sahen, die nur andere ihr geben können. Sie selbst konnten ihrem Leben keinen Sinn verleihen. Dieser Dämon, zusammengesetzt aus den unzähligen Partikeln unbewältigter, achtlos weggeworfener Angst, weilt nun dort in der ewigen Suche. Er hat so viele Hände und kann doch keinen Pflug ziehen, keine Erde jäten, kein Heu aufstapeln. Ohne diese Fähigkeiten ist ihm seine Existenz in ihrer Sinnlosigkeit jede Sekunde eine einzige Qual. Nur wenn ich ganz genau hinhöre, erkenne ich zwischen dem Rauschen der Bäume ein Geräusch wie einen Schrei, der niemals gehört wurde.

[Seite 9]

Im Haupthaus bemerke ich schon auf der Schwelle die Wimpernschläge. In den steinernen Winkeln, in den Ecken eines vermoderten Holzschranks, im Bauch eines Gasherdes. Sie sind eins, aneinander gekettet und doch verteilt über das ganze Zimmer. Jener Dämon, den ich noch nicht sehe, besteht nur aus Augen. Ich weiß, dass ich ihm ein Fremdling bin, etwas Unbekanntes und dass ich ihn errege. Ich höre bereits das leise Rollen, das zarte Aneinanderstoßen von Augapfelpaaren, die sich reflexartig aneinander klammern. Jeder meiner Schritte wird von diesen Geräuschen begleitet. Plötzlich sehe ich eines von ihnen quer über den

Boden rollen. Es hüpft unmerklich auf, wenn die Wimpern die Holzdielen passieren. Weiter bewege ich mich in die Mitte des Raumes, weiter zur Tür. Ich will es nicht sehen, weiß ich doch, was nun passiert. Die Geräusche werden lauter. Ich höre, wie er sich nun versammelt, eben dort, wo ich vor zwei Sekunden noch gestanden habe. Er wird mir nichts tun, er kann nicht einmal etwas dafür, aber ich ahne, sein Anblick ist schauerlich. Ich will die Klinke greifen, will es nicht

[Seite 10]

sehen, um keinen Preis. Doch ich kann nicht anders. Als ich spüre, dass es sich nun zu seiner vollen Größe aufgetürmt hat, wende ich mich ihm zu und erstarre. Der Dämon sieht mich mit seinen hundert Augen an. Die einzelnen Augäpfel formen seine mannshohe Gestalt, einem Diamanten gleich von durchsichtigem Schimmer. Alle Pupillen sind auf mich gerichtet. Sie kennen nur einen Ausdruck, nämlich jenen, der von der Panik vor dem Fremden zeugt, von der nicht gekannten Bedrohung, eine Angst, die gerne Wehrhaftigkeit sein möchte, es aber nicht sein kann. So tobt im Inneren jedes Einzelnen Auges ein Sturm der Raserei, die niemals ausbricht. Der Dämon wabert in sich und ich weiß, dies ist sein schmerzhaftester, sein quälendster Zustand, geboren aus tausend Ängsten vor dem Fremden und Unbekannten, deren Heimat irgendwann einmal eine Seele war. Ich drehe mich um und reiße von Entsetzen gepackt die Tür auf.

Im nächsten Zimmer richte ich meine Blicke zunächst auf alle Ecken. Der Boden, die Decke und die Wände des Raumes sind

[Seite 11]

von roter Farbe. Ich taste mich vorsichtig voran, kann jedoch nichts entdecken. Plötzlich stößt meine Fußspitze an etwas Weiches auf dem Boden. Es muss kaum höher als ein Teppich sein, mutet jedoch organisch an. Meine Fußspitze begräbt einen kleinen Fetzen davon unter sich. Ich schrecke zurück und sehe auf die Mitte des Raumes. Kaum kann ich es vom Boden unterscheiden, doch sehe ich deutlich, dass dort etwas liegt. Man könnte es tatsächlich als Teppich beschreiben, auf der zu mir gerichteten Seite in runder Form, an der anderen ragen so etwas wie Schläuche aus ihm heraus. In einem unmenschlichen Rhythmus hebt sich mal an einer Stelle, mal an anderer Stelle das Ding und senkt sich wieder. Als ich die Schläuche genauer betrachte, sehe ich den Grund, warum das ganze Zimmer rot ist. Jener Dämon, der sich in seiner herzartigen Form vor mir ausbreitet, spritzt mit jedem Mal, das sich etwas in ihm erhebt, aus jenen Schläuchen eine blutige Substanz. Fast könnte man meinen, er hätte

[Seite 12]

Schluckauf. Er scheint mich gar nicht bemerkt zu haben und doch durchfließt das ganze Wesen eine permanente Unruhe, als würde jedes Zucken das nächste bewirken. Dann kommt mir der Gedanke, dass er sich vielleicht zur vollen Größe aufwölben möchte, aber mit jedem Versuch davor zurückschreckt. Dieser Dämon, so denke ich, hat nur

Angst vor sich selbst und vor seiner Größe, seiner Kraft und seiner Courage. Als meine Neugier weicht, kommt der Ekel. Ich sehe eine Tür am anderen Ende, aus der ein murmelndes Grollen kommt, aber das erscheint mir nicht Grund genug, den Rückweg einzuschlagen und mich wieder mit dem Augendämon zu konfrontieren. Während ich aus dieser Kammer hinausstürze, spüre ich noch, wie ein Spritzer Blut mich trifft, dann stoße ich die Tür hinter mir zu und der Dämon ist aus meinem Blickfeld verschwunden.

Dieses Mal sehe ich ihn sofort.

[Seite 13]

Während ich bei den bisherigen Dämonen noch sagen konnte, dass sie, so widersinnig ihre Gestalten auch anmuten, stets noch mit meiner Vorstellung von Körper in Einklang zu bringen sind, sprengt das, was ich nun sehe, diese Grenzen endgültig. Ich kann es nicht anders beschreiben als ein Ding, eine Art Haufen aus bröckelnder Erde und Ton, in dessen Zentrum so etwas wie ein Gesicht eingeritzt ist. An den Rändern tummeln sich dutzende Münder, die augenscheinlich versuchen, den Haufen samt und sonders zu verspeisen. Doch haben sie einige Sekunden gegessen, speien sie alles wieder aus, so dass sie ihn gewissermaßen immer wieder von neuem formten. Wieder andere Münder bewegen sich nur und erzeugten jenes Gemurmel, das ich schon durch die Tür gehört hatte. Das Gesicht bringt derweil unzählige Gesichtsausdrücke zu Stande, von strahlendem Lächeln bis zu rasendem Zorn. Ich blicke einen Moment nach oben und wünsche mir, ich könnte durch die Decke die Sonne sehen, könnte sicher sein, dass Gott diesen Dämon hier, der sich selbst unaufhörlich verspeist und wieder ausspeit, sehen und erlösen

[Seite 14]

könnte. Denn, anders konnte ich es mir nicht erklären, jener Dämon muss sein Abbild sein, seine Gestalt, wie ihn die Menschen in ihrem unstillbaren Bedürfnis nach Aufmerksamkeit, Erlösung und Wahrheit formen. Als ich ihn in seiner grausamen Existenz beobachte, kommt mir mit einem Mal die Frage nach seiner eigenen Schuld in den Sinn. Und dann verstehe ich. Er ist Jesus, alle diese Dämonen hier sind Jesus, erschaffen um zu leiden, ohne zu vergehen. Geboren aus der Ignoranz der Menschen für sich und ihresgleichen, aus dem Unwillen, sich den eigenen Ängsten zu stellen, aus der Trägheit heraus, die eigentlichen Bedürfnisse zu entdecken und zu stillen. Lieber warten die Menschen auf einen Erlöser, der das alles für sie tut und hängen sich an Propheten, Gurus, Führer oder Feinde, die sie in ihrer Gier nach dem Übermenschlichen verspeisen und wieder ausspeien, wie es ihnen beliebt. Ich werde zornig. Denn laden die Menschen mit den hier unsagbar und unendlich gequälten Wesen noch nicht genug Schuld auf sich, erfinden sie noch eine sagenumwoben göttliche Gestalt, die ihnen die Hässlichkeit ihres eigenen Handelns nicht schauen lassen muss, einen schönen, starken und klugen Jüngling. Denn wer wäre schon einem Messias gefolgt, der so aussieht, wie jener Dämon? Aber er und die anderen sind die wirklichen Erlöser. Der Religion war ich lange

[Seite 17]

Fast möchte ich gar nicht diesen Raum verlassen, möchte dieses Wesen trösten, jetzt, da ich es verstanden habe. Doch da fällt mein Blick durch die großen Verandafenster des Raumes in den Garten. Ein kleiner Weg führt zu einem Teich, über dem eine weiße Wolke schwebt. Ich verlasse das Bauernhaus durch die Tür und gehe Schritt für Schritt auf den Steinplatten des Pfades. Links und rechts von ihm sehe ich wucherndes Gestrüpp, das wohl einmal ein gepflegtes Beet gewesen sein muss, aber nun hauptsächlich noch aus Dornen und Disteln besteht. Als ich an den Teich gelange, betrachte ich die schwebende Wolke und mit einem Mal erkenne ich, dass sie das schönste ist, was ich jemals gesehen habe.

Doch wie es sich in meinem Leben immer dargestellt hat, verdrängt das Bombastische und Schockierende die Aufmerksamkeit für das Einfache und Schöne. Hinter mir höre ich einen Tumult, als wäre in den engen Gassen einer Stadt

[Seite 18]

ein Aufstand losgebrochen. Staubwolken wirbeln durch die Luft und der Boden unter mir scheint von einem Trommelfeuer an Erschütterungen zu vibrieren. Ich laufe einige Schritte von der weißen Wolke weg, bis sich vor mir ein Hügel erhebt, der die Ursache für den Tumult ist. Zuerst sehe ich nur Fäuste. Sie sind mit dem Hügel verwachsen und schlagen immer wieder auf ihn ein. Dumpfe Einschläge, Stöhnen, Schreie, Flehen, Wehklagen, alles höre ich gleichzeitig und als ich hochschaue, sehe ich auf dem Gipfel des Hügels ein Gesicht. Die Zähne gefletscht, die Augen weit aufgerissen, zerschrammt, zerkratzt, von Wut und Schmerz entstellt scheint es das Zentrum all der prügelnden Fäuste, Täter und Opfer gleichermaßen. Es verändert sekündlich sein Antlitz, seine Hautfarbe, sein Geschlecht, doch niemals seinen Ausdruck. Ich weiß, was es bedeutet, aber noch jetzt kurz vor meinem Ableben, da ich dies schreibe, kann ich es nicht in Worte fassen, weil es so einfach, so banal und doch so schrecklich ist und mich in meinen letzten Stunden in Verzweiflung stürzt. Denn die Gewalt, die der Mensch in die Welt trägt, ist wahrlich schon mannigfaltig genug, doch

[Seite 20]

Ich stolpere und falle hinterrücks über. Bevor ich mich übergeben muss, wende ich mein Gesicht wieder der weißen Wolke zu und merke jetzt erst, dass ich am Ufer des kleinen Teiches zum Liegen gekommen bin. So robbe ich ein paar Zentimeter, um mir mein Gesicht im Spiegel der Wasseroberfläche anzusehen. Dann sehe ich es und am wenigsten hätte ich erwartet, was ich dort sehe. Es ist unverändert, nur das ich ein Lächeln auf den Lippen habe. Dann verschwindet es und ich verschwinde.

So habe ich es nun gesehen, an einem Ort, mit dem fast alle Menschen etwas Gutes in Verbindung bringen. Aber wie so oft ist gerade hinter der Fassade des Guten die Wirklichkeit umso grausamer. Und diese Orte, sie werden immer mehr. Die Verdrängung wird in unserer Zeit zu einer Ideologie kultiviert, zu einer Religion stilisiert. Ich kann nichts mehr dagegen tun. Die Dämonen unbewältigter Qualen, unbezwungener Ängste, weggeworfen, im Rausch der Einigkeit des Ortes gewaltsam aus den Seelen getrennt, zu denen sie eigentlich gehören. Bizarr entstellt, verzweifelt sich aneinander klammernd. Verhasst und gefürchtet ob ihrer Entstelltheit werden sie im menschlichen Vorstellungszwang

[Seite 21]

zu etwas Bedrohlichem, werden gesucht, aber nicht gefunden, werden wiederum zu Wahnideen in den Köpfen der Menschen, mit denen sie Kinder erschrecken und sich selbst unterhalten. In unserer Welt, die die Fantasie aus dem Bereich der Wirklichkeit verbannt, bleiben in den Köpfen nur die Ängste zurück, die dann, nackt, bloß und zitternd, dem Menschen ein Ekel sind, den er vertreiben muss. Die Menschen lernen, dass ein krankes Organ wegoperiert gehört und ebenso verfahren sie mit ihren Ängsten, sogar mit sich selbst und ihresgleichen in ihrem widersinnigen, ekelerregenden Streben nach Perfektion. Doch was ist eine Seele ohne Angst? Was ist ein Mensch ohne Grenzen?

Seltenreich

Es muss ein äußerst bizarres Geräusch gewesen sein, das in der Lage gewesen war, mich aus meiner bequemen Lethargie auf jener nächtlichen Landstraße zu reißen. Aber es war da, ohne Zweifel, noch bizarrer war sein Ursprung. Ich möchte es beschreiben als ein monumentales Krachen, doch leise, kaum hörbar, als käme es aus einer riesigen Entfernung. Stelle man sich vor, dass irgendwo im Universum zwei monsterhafte Riesenplaneten in einem gigantischen Inferno aneinander zerschellen, ergebe sich ein ungefährer Eindruck dessen, was ich hörte. Doch nichts gab Anlass zu denken, dass es mehr war, als womöglich ein Unfall, ein Scheppern aus einer der Fabriken am Ufer des Rheins oder einfach ein Echo in meinen Gehörgängen selbst. Stille umgab mich danach und meine Lust zu bleiben hatte es nicht vertrieben. So ging ich nicht direkt zu meinem Auto, sondern rauchte im Freien.

Es ist den meisten Menschen meiner Umgebung bekannt, dass ich stets in Bewegung bin, geistig wie körperlich, und so schlenderte ich an der dunklen Straße entlang. Kein Auto war zu sehen. Das Leuchten des Nachthimmels störte weniger die ruhige Stimmung in mir als der Gedanke, jede Sekunde doch von einem grellen Scheinwerferlicht geblendet zu werden. Ohne es zu bemerken war ich bis zur nächsten Ecke gegangen, wo mein Blick unvermittelt auf ein Straßenschild fiel. Ich las: „Am Seltenreich".

Kurz legte ich meinen Kopf in den Nacken. Der Himmel bot ein mannigfaltiges Leuchten und Flimmern. Die

Sterne betrachtend erstaunte ich mich über das eine oder andere seltsame Gebilde am Firmament. In kleinen, dicht gedrängten Ansammlungen von leuchtenden Punkten und Streifen meinte ich sogar andere Galaxien erkennen zu können, obwohl ich gehört hatte, dass man keine einzige von der Erde mit bloßem Auge sieht.

Wieder hörte ich ein lautes, aber weit entferntes Geräusch. Diesmal war es ein Scharren und Knacken, wie eine schwere Kerkertür, die ein paar Millimeter bewegt wird. Weder konnte ich die Herkunft des Geräusches orten, noch seine Entfernung abschätzen. Es hätte zwei Milliarden Lichtjahre weit weg sein oder vom Boden direkt neben meinen Füßen kommen können. Ich dachte daran, dass den meisten Menschen wohl in solchen Situationen UFOs oder ähnliches begegnen, allein auf einer abgelegenen Straße.

In diesem Moment bemerkte ich eine Gestalt auf mich zukommen. Durch die Dunkelheit konnte ich nur erkennen, dass es ein Mann war, der weder von der Arbeit noch aus der Disko kam, da seine Kleidung dazu nicht passte. Sie war eigenartig. Obwohl einfach, konnte ich mir keine Zeit und keinen Ort vorstellen, wo sie getragen wird oder jemals wurde. Er trug eine helle Stoffhose, ähnlich der eines Krankenpflegers und ein helles Oberhemd mit Knopflöchern unter dem Kragen, durch die ein Band gezogen war, ein Hemd, wie man es zeitweise von Irlandreisenden mitgebracht bekommt. Darüber hatte er einen dunklen, wahrscheinlich tiefschwarzen Umhang mit Ärmeln geschwungen, der eigentlich wie ein Bademantel anmutete. Diesen Umhang zierte um die Taille ein dicker Gürtel mit einer mächtigen silbernen Schnalle. Sein Kopf war von einer Kapuze bedeckt.

Ich geriet kurzzeitig in Panik, als er auf mich zuschritt. Doch schon von weitem rief er:

„Hast Du Dich verlaufen? Komm zurück, es wird gleich ungemütlich hier!"

Er machte auf dem Absatz kehrt und signalisierte wiederholt, dass ich ihm folgen sollte.

Ich tat es. Als ich ihn eingeholt hatte, fragte ich:

„Wer sind Sie?"

„Klaudius. Einer aus dem Ghetto der Literaten. Wo gehörst Du denn hin? Schneller!"

Ich beschleunigte meinen Schritt und stammelte derweil:

„Ich komme gerade aus Duisburg und will nach Hause. Mein Auto steht an der Tankstelle und ich weiß nicht..."

„Dein Auto? Dann bist Du gar keiner von hier, denn wie ein Idiot siehst Du nicht aus. Nur Idioten haben Autos."

Ich wusste nicht recht, ob ich das nun als Beleidigung auffassen sollte, war aber viel zu verwirrt, um dies eigenständig entscheiden zu können.

„Naja, ich bin aus Krefeld, nicht aus Duisburg, wenn Du das meinst."

Der Fremde, den ich fortan mit Klaudius ansprach, lachte.

„Dann wird Dir jetzt ein Schock bevorstehen, denn Du bist soeben ins Seltenreich eingedrungen und tust gut daran bei mir zu bleiben, sonst wirst Du Dich innerhalb weniger Minuten verlieren."

„Seltenreich? Was soll das denn sein?"

„Das Seltenreich ist das Gegenstück zu Deiner Welt. Alles, was bei Euch selten ist, gibt es bei uns zu Hauf. Umgekehrt ist äußerst wertvoll bei uns, was ihr als wertlos empfindet."

„Aber wie ist das möglich?"

„Wir sind die andere Seite der alles umfassenden Energie, die Ihr so scharfsinnig Leben nennt."

„Scharfsinnig?"

„Es gibt Menschen bei Euch, die mit ihrem scharfen und klar denkenden Geist unserer Welt nahe kommen. Zudem nicht nur unserem Reich, sondern allen Parallelreichen, die es gibt. So wie sie Leben verstanden und verstehen, sind sie nahe dran an der einen, einzigen und unwiderruflichen Wahrheit."

„Wie viele Reiche gibt es denn?"

„Unendlich viele. Diese Reiche sind zusammen der Rahmen der Energie. Du musst es Dir wie einen Davidstern vorstellen. Jedes Reich ist ein Punkt auf einer der Linien. Deshalb gibt es unendlich viele, da es unendlich viele Punkte auf einer Linie gibt. Unsere beiden Welten liegen sehr weit auseinander."

„Willst Du sagen, dass die lebendige Energie die Form eines Davidsterns hat?"

„Die Energie selbst nicht. Sie ist formlos, höchstens mit Licht zu vergleichen. Ihr Rahmen jedoch."

„Ihr Rahmen?"

„Was liegt hinter dem Universum?", begegnete Klaudius meiner Frage.

„Das weiß ich nicht. Ein anderes Universum?"

„Genau. Und dahinter?"

„Wieder eins?"

„Genau und wie sehen alle zusammen aus? Wie ein Davidsstern. Oder glaubst Du in grauer Vorzeit hat so ein jüdischer Scherzbold sich einfach mal so hingesetzt und ihn aus Langeweile gezeichnet?"

„Hast Du es gesehen?", fragte ich atemlos.

Klaudius lachte laut und konnte sich kaum beruhigen. Dann sagte er:

„Ihr, in Eurer Welt, wäret wissentlich sicher nicht so weit weg von allem, wenn Ihr nicht beinahe Eure ganze Existenz an zwei so dämlichen Organen wie Euren Augen festmachen würdet. Misstraut Euren Augen sage ich, aber auf mich hört ja keiner."

Wir gingen eine Zeitlang schweigend weiter. Ich musste diese Informationen erst einmal verdauen. Langsam begann ich zu verstehen, als ich so etwas wie einen Sonnenaufgang sah. Doch waren es hunderte von Sonnen, die aufgingen, am Horizont, der einem Fächer glich und aus jeder neuen Falte trat eine neue Sonne hervor.

Klaudius nahm zuerst das Gespräch wieder auf:

„Allerdings ist unsere Welt von der Euren abhängig. Was Ihr erschafft, bestimmt, was bei uns existiert."

„Sind die anderen Reiche auch von uns abhängig?"

„Eine typisch menschliche Vorstellung. Natürlich nicht. Aber Ihr solltet doch selbst am besten wissen, wovon Ihr abhängig seid. Doch was bei Euch nicht existiert, existiert bei uns auch nicht. Nur was selten bei Euch ist, ist häufig bei uns – und umgekehrt."

Wieder Schweigen. Ich fand keine Worte für das, was ich in diesen Momenten erfuhr. Klaudius blieb mit einem Mal stehen, rüttelte an meiner Schulter und zeigte nach oben. Ich sah dort nichts weiter als eine Wolke, die einzige an dem ansonsten klaren, doch bizarr fächerartigen Himmel. Ich sah um mich herum Menschen, die fasziniert ihre Blicke nach oben reckten. Klaudius rief ihnen so etwas zu wie „Da ist sie, ist sie nicht schön?" und muss damit wohl die Wolke gemeint haben. Nachdem die Menschen ihm nicht weniger begeistert geantwortet hatten, wischte er sich eine Träne aus dem Auge. Dann erzählte er weiter:

„Es gibt auch Wanderungen durch die Dimensionen. Oft, wenn Euch ein Genie in die Welt geboren wurde, war es ein Wanderer aus unserem Reich. Doch sein Gedächtnis überlebt diesen Sprung nicht. Es wird völlig gelöscht."

„Wie wandert man denn in unsere Dimension?"

„Niemand weiß es. Es ist Zufall, wie man bei Euch sagen würde. Niemand kann es bestimmen. Schließlich weißt Du auch nicht, wie Du hierhin gekommen bist. Es passiert jedoch nicht sehr oft, dass einer von Eurer Welt in unsere kommt. Ehrlich gesagt, ist mir kein einziger Fall bekannt."

Nach einiger Zeit sah ich am Rande der Straße ein einzelnes Häuschen mit einer Schranke stehen. Klaudius ging darauf zu und bückte sich, um durch eine Scheibe mit dem Menschen zu sprechen, der dort wohl seinen Dienst schob. Dann winkte Klaudius mir zu und ich ging ebenfalls hin.

„Dies ist der aus der anderen Welt. Er stand auf einmal vor mir, sagte er wolle eigentlich nur nach Hause, aber irgendwie scheint er durch einen der Zugänge gekommen zu sein."

„Oh, das ist selten.", sagte der Beamte.

„Ja", entgegnete Klaudius.

„Mmh, Du hast recht", murmelte der Beamte, während er eine Art Passierschein ausfüllte, stempelte und ihn mir aushändigte.

„Danke", sagte ich etwas verständnislos.

„Komm jetzt", flüsterte Klaudius mir zu, „wenn ein Beamter einmal eine Genehmigung erteilt hat, sollte man sich nicht mehr zu lange in seiner Gegenwart aufhalten."

Das war der erste Satz von Klaudius, den ich wirklich auf Anhieb nachvollziehen konnte.

❁ ❁ ❁

Nachdem wir das Zollhäuschen passiert hatten, gelangten wir auf einen Wanderweg. Zunächst umgaben uns noch grüne Wiesen, prächtige Felder und Wälder, von denen Klaudius sagte, dass sie immer zahlreicher werden würden. Ich konnte den Tau auf den Halmen leuchten sehen und die Kornähren wogen sich langsam im lauen Morgenwind. Nach kurzer Zeit jedoch wurden die Wiesen matschiger. Der braune Schlamm schluckte zunehmend die Farben. Es sah so aus, als würden sehr viele Menschen tagtäglich darüber hinweg spazieren.

„Was ist hier geschehen, ein Rockkonzert?", fragte ich.

„Die gibt es bei uns auch immer häufiger", sagte Klaudius, „doch hier kommen wir zu dem Ort, an dem ich im Seltenreich wohne."

„Wie, ich meine, was, ich meine, was bist oder hast Du, was es bei uns selten gibt?"

„Ich schreibe Literatur von Weltrang."

Ich staunte ihn mit offenem Munde an. Klaudius aber sagte:

„Wir sind sehr viele, kaum überschaubar. So ist das nun einmal hier. Und wir sind selten reich im Seltenreich. Wir gehören sozusagen zur breiten Masse. Die wenigen von uns, die die hohe Kunst der trivialen Literatur beherrschen, sind so etwas wie die Könige unter den Schriftstellern."

„Wie habe ich mir das vorzustellen?"

Klaudius richtete seinen Blick in die Ferne und begann zu dozieren:

„Gehen wir davon aus, dass Literatur dann besonders hochwertig ist, wenn sie die tiefsten Grundsätze menschlichen und weltlichen Daseins auf einer neben dem rationalen Verstehen befindliche Ebene übermitteln kann, wenn sie in Bildern transportiert, was Worte nicht zu erfassen vermögen, so ist dies bei uns eben recht trivial. Wir wissen, was die Welt im Innersten zusammenhält. Doch ist unsere Fantasie gebunden an dieses Wissen. So tief erkennen wir den Geist und die Welt, dass es uns schwerfällt, an die Oberfläche zurückzufinden."

Während Klaudius so sprach, wurde ich gewahr, dass sich unser Umkreis mit Menschen füllte. Vielmehr kamen wir nun in eine Art Stadt, deren Straßen zeitweise an ein verkommenes Ghetto erinnerten. Doch trotz des offensichtlich heruntergekommenen Zustandes, der improvisierten Hütten, zwischen denen sich scheinbar willkürlich einige Straßen schlängelten, war das Bild im Ganzen von einer faszinierenden, aber auch bedrückenden Symmetrie beherrscht. Besonders verwunderte ich mich über die augenscheinlich hochfeinen Baumaterialien, die für die Häuser und Straßen benutzt wurden. Als könnte er meine Gedanken lesen sprach Klaudius:

„Die Gehwege sind aus poliertem Platin. Der Kies vor den Häusern besteht nur aus Diamanten. Doch das am meisten verwendete Material ist natürlich Gold. Unsere Hauskonstruktionen sind außerordentlich stabil, doch haben wir immer ein Problem, wenn es um die Dächer geht. Die Baustoffe, die uns in großem Umfange zur Verfügung stehen, sind größtenteils von hohem Gewicht."

Meinem zutiefst menschlichen Verstand fällt es schwer, den Eindruck zu beschreiben, der sich bei meinem Gang durch die Stadt mittels unwissender Augen in meinem Kopf einprägte. Wie vielen Filtern des verstandesmäßigen Denkens unterliegt auf unserer Welt doch tatsächlich jeder visuelle Eindruck? Wie oft haben wir eine Sache, die uns vor Augen tritt, schon analysiert, kategorisiert und beurteilt, bis wir überhaupt bemerken, dass wir sie sehen? Doch für das, was ich in diesen Straßen sah, besaß und besitze ich keine Kategorien. Ungefiltert prasselten die Eindrücke auf mich ein. Ordentlich reihte sich Haus an Haus, man konnte an der einfachen Bauweise erkennen, dass sie improvisiert waren, doch erschien alles absolut symmetrisch. Jedes Haus war ein winzig kleiner Palast, ohne jegliche Verzierung versteht sich. Die Straßen aus Platin waren dreckig, ja, aber dieser Dreck bestand aus Goldkörnern und Diamantenstaub, als hätte in früheren Zeiten ein von Reichtum, Verschwendungssucht und Geiz gezeichneter Herrscher diesen Staub aus bloßer Langeweile auf seinem Palastboden verteilen lassen.

„Ich weiß, was Du jetzt denkst", meinte Klaudius lächelnd. „Du denkst, dass ein paar Wochen Arbeit als Straßenkehrer hier sich für Dich wirklich auszahlen könnten."

Ich fühlte mich ertappt. Das Grinsen wich nur langsam aus Klaudius' Gesicht.

Nachdem wir einige Zeit durch die Straßen gegangen waren, kamen wir in ein anderes Viertel. Hier gab es überhaupt keine Häuser. Ein Meer wilder Orchideen und Lotus erstreckte sich vor uns. Die Wiesen schienen bevölkert. Überall saßen, standen, knieten und hockten in den unterschiedlichsten und unmöglichsten Positionen Menschen und taten augenscheinlich nichts.

„Was sind das für Leute?", fragte ich.

„Wir nennen sie nur die erfolgreichen Lebensvergesser. Auch sie gibt es hier in Massen. Während man in unserem Viertel die Form der Welt eher mit dem Blick von außen sieht, so haben diese Menschen die Welt aus ihrem eigenen persönlichen Innern heraus verstanden."

„Das verstehe ich nicht."

„Das Ziel unserer Literaten und Philosophen ist die absolute bewusste Anschauung. Wir versuchen uns aus dieser

Welt herauszulösen, um sie von außen zu betrachten. Diese Menschen hier machen es umgekehrt. Sie wollen ihr Bewusstsein ausschalten, das sie ihrer Ansicht nach von der Welt isoliert. Sie wollen mit der Welt verschmelzen, um dann in ihrem eigenen Innern den Charakter des Ganzen zu erkennen. Sie betrachten jedes Ding und auch sich selbst als Teil des Universums, nur das Bewusstsein verhindert das Eins-Werden mit ihm. Indem sie ihren Verstand ausschalten, der immerzu versucht ist, alles und auch die eigene Persönlichkeit in Kategorien zu spalten, wollen sie eins werden."

„Also ähnlich wie die Yogi", sagte ich, die Mühe, dem Vortrag zu folgen, in die Stimme gelegt.

„So ähnlich, ja. Wir wollen nur noch Verstand sein, sie wollen völlig ohne sein. Es sind zwei Wege zum gleichen Ziel."

Durch dieses Meer von Blumen schlängelte sich der Weg. Dann wurde die Landschaft zunehmend hügeliger, bis sich schließlich wiederum grüne Auen vor uns erstreckten. Ich hatte seit geraumer Zeit meinen Hals gereckt, ob der vielen wundersamen Dinge, die mich umgaben. Nun schmerzte er und ich legte hin und wieder das Kinn auf die Brust. Doch meine Neugier machte es mir unerträglich, auf den Boden zu schauen, so dass ich meine Schmerzen schnell wieder vergaß.

Je weiter wir gingen, desto eintöniger wurde die Landschaft. Zwar strahlte alles um uns herum immer noch in sattem Grün, doch erschien es ein wenig dunkler und bedrückender als vorher. Vereinzelt ragten schwere Betonquader aus den Wiesen empor, die das schwermütige Gefühl noch verstärkten. Auch waren einzelne Menschen zu sehen, die augenscheinlich patrouillierten. Ich versuchte an Hand des bisher Gelernten diese Eindrücke nun von selbst zu verstehen, doch es gelang mir nicht. Nachfragen wollte ich aber auch nicht, da das bisher Erfahrene meine Gedanken noch derartig beschäftigte, dass ich das Gefühl hatte, im Moment noch keine weitere Information verkraften zu können. Dann tauchte in der Ferne ein riesiger Palast aus Beton auf.

„Was ist das dort drüben?", fragte ich und zeigt darauf.

„Dort wohnt einer der Idioten. Es gibt nicht viele im Seltenreich"

„Das glaube ich Dir gerne."

„Sie haben die Besonderheit, an der Oberfläche der Dinge zu sein und sie verweilen auch dort. Da sie hier so überaus selten sind, genießen sie hohes Ansehen in unserem Reich. Sie wohnen in riesigen Häusern aus Beton und Stahl, aus Glas und Stein, alles Materialien, die man hier nur ganz selten zur Verfügung hat. Die vereinzelten Betonquader, die Du hier siehst, sind Statussymbole ihres Reichtums."

Auf unserem Weg tauchten nun weitere dieser Paläste auf, alle von einer unaussprechlichen Hässlichkeit. Keiner der Idioten ließ sich blicken. Mit einem Mal gewahrte ich eine kleine Menge, die zwei Menschen umringte, welche den staunenden Augen irgendetwas zu präsentieren hatten.

Klaudius sprach, bevor ich fragen konnte:

„Das sind Ignoranten. Sie verstehen zwar das Innerste der Welt irgendwie, jedoch glauben sie, dass es für ihre Existenz nicht wichtig ist. Sie verbringen ihre Zeit damit, seltenes Zeug zu sammeln. Der dort hat die beeindruckendste Hausstaubsammlung im ganzen Reich. Ihre Sinne sind abgestumpft und ihr Geist fixiert, fast betoniert durch ihre Leidenschaft für sich selbst und ihre Sammlungen. Da sie damit sehr viel Aufmerksamkeit bekommen und die das einzige ist, woraus sich ihre Lebenslust speist, denken sie gar nicht daran, ihre Existenz entsprechend ihrer eigentlichen Kenntnis zu organisieren. Sie haben die außerordentlich seltene Fähigkeit ignorant zu sein."

„Aber wie? Wie könnt Ihr ihnen eine derartige Bewunderung zu Teil werden lassen?"

„Das ergibt sich daraus, dass es von ihnen nicht viele gibt. Aber für meine Begriffe ist das noch eher verständlich, als dass es bei Euch so viele Ignoranten gibt, und die größten ihrer Gattung eine mindestens ebenso große Bewunderung eurerseits erfahren. Kannst Du mir das erklären?"

Ich wusste darauf nichts zu antworten.

Wir hatten inzwischen die Betonklötze der Idioten und Ignoranten hinter uns gelassen und befanden uns nun an einem steilen Hang. Vor uns lag eine Hochebene. Ich glaubte, einige gigantische Gebäude darauf zu entdecken. Gewaltig türmte sich vor uns die Erde auf.

„Was ist das dort oben?", fragte ich

„Das ist eine Stadt. Sie liegt auf dem einzigen Berg, den wir haben, und heißt Ksandrovica. Ale Ksandro heißt in unserer alten Sprache so viel wie „niemand fort". Die Wesen, die dort leben, gehören zu den anmutigsten Geschöpfen im ganzen Seltenreich. Ihr Verstand ist scharf und ihr Geist ist klar. Wenn Du einen von ihnen in die Augen schaust, wirst Du ihre Warmherzigkeit spüren und gleichzeitig wird es Dich aufwühlen und Du wirst erweichen in Sehnsucht, wen auch immer Du von ihnen triffst. Jeder sieht in ihnen das schönste Lebewesen, das er sich vorstellen kann. Doch eine Sache liegt im Dunkeln und das ist das größte Geheimnis im ganzen Seltenreich."

„Das wäre?", fragte ich und wunderte mich, dass Klaudius hier überhaupt eine Pause machte.

„Keins von ihnen scheint je in Eure Welt gedrungen zu sein, sie scheinen bei Euch nicht zu existieren. Doch wenn es sie nicht in Eurer Welt gibt, dann dürfte es sie auch bei uns nicht geben. "

In meinen Gedanken tobte ein Sturm. Wie sollte ich ein Geheimnis aus einer Welt verstehen, die für mich selbst nur aus großen Geheimnissen bestand?

„Aber was machen sie oder was stellen sie dar? Ich meine bisher hatte alles, was ich gesehen habe hier, irgendwie eine erklärbare Funktion. Was ist ihre?"

„Sie sind die Hüter des wertvollsten Stoffes, den es im Seltenreich gibt."

„Was ist das?"

„Mohn."

„Mohn?"

„Ja, Mohn. Sie bewachen ihn. Auch andere Schätze wie Schokolade oder Marzipan, aber Mohn ist der wertvollste. Nicht einmal die Idioten und Ignoranten besitzen ihn."

Klaudius Augen hatten bei der Aufzählung dieser Dinge zu leuchten begonnen, wie die eines Kindes an Heiligabend.

Wir erklommen die Ebene und nun sah ich die ganze Pracht der Stadt Ksandovica. Die Bilder und Worte, die meinem Verstand zur Verfügung stehen, reichen bei weitem nicht aus, um diesen Anblick in Worte zu fassen. Jede Beschreibung wäre eine Beleidigung für das Gesehene. Menschen, Häuser, Straßen, alles war von einem Schein erfasst, den ich mir nur erklären kann, wenn ich mir die reinste Schönheit des Geistes vorstelle, über die sich die visuelle Schönheit entfaltet und die umgekehrt wieder die geistige bedingt. Alles schien ehern und ewig. Harmonie, die über unser Verständnis davon weit hinausgeht. Selbst die feinste Symmetrie hätte, da sie ihren Ursprung im Ordnungszwang des menschlichen Geistes hat, diese Harmonie zerstört. Alles erschien lebendig wie tausend Bilder auf einem einzigen Fleck, und doch, wenn man ein Foto machen würde, wäre auf dem Bild hinterher nichts als Asche zu sehen, das Ergebnis verstandesmäßiger Begreifung von Dingen, die über das Fassungsvermögen des Geistes hinausgehen.

Ich bemerkte in meiner Faszination überhaupt nicht, wie Klaudius sich von mir entfernte. Nun sah ich nur noch die Bewohner dieser Stadt, deren Anmut und Erhabenheit sich perfekt in das Bild einfügten. Zunächst schien mir keine gesonderte Aufmerksamkeit von Seiten dieser Wesen beschieden zu sein. Sie hatten ein sehr weibliches Aussehen. Trotz ihrer starken visuellen Anziehungskraft war der alle Dinge übergreifende Eindruck, den ich hatte, so stark, so grundlegend, so einmalig und so tief, dass selbst meine sexuellen Triebe sich ehrfürchtig verneigten vor diesem Anblick. Doch nicht nur diese, sondern alle körperlichen Grenzen und Bedingungen, denen mein Geist stets unterliegt, schienen sich angesichts dieser Stadt in Wohlgefallen aufgelöst zu haben.

Plötzlich bemerkte ich, wie eines der Wesen mich fixierte und auf mich zukam.

Ich erstarrte vor Ehrfurcht. Sie stand mir gegenüber und sah mich an. Das Licht ihrer Augen traf mich im innersten Punkte meiner Seele. Alle Barrikaden, die mein Herz normalerweise zu schützen beauftragt sind, wichen fasziniert vor diesem Blick zur Seite und wiesen ihm so den Weg direkt in mein eines, unteilbares Ich. Ich wünschte mir, dass sie auf mich zukäme, mich umarmte und streichelte, doch auch, dass meine Haut so weich wie Wachs werden würde, damit sie nicht nur mein Äußeres, sondern auch mein Innerstes berührte. Ich wollte, dass sie mein Herz aus meiner Brust nahm, es an ihre drückte, streichelte und liebkoste, dass sie es behielt und beschützte vor allem, was da in meinem Leben noch kommen sollte.

Dann fühlte ich, wie mein Geist sich nun gänzlich aus der Gefangenschaft des Körpers befreien wollte, wie er sich aufschwang und auf das Wesen zuflog, das mich mit offenen Armen empfing. Einen Moment lang spürte ich das höchste Gefühl, was näher zu beschreiben verwerflich wäre, eins zu sein mit allem, was unser Universum in Bewegung bringt. Es folgte ein kurzer Moment völliger Dunkelheit.

Ich schlug die Augen auf und sah mich wieder vor dem Straßenschild.

„Am Seltenreich"

Einen Augenblick lang wollte sich mein Geist der tiefen Enttäuschung hingeben, doch bemerkte ich die unverwischbaren Eindrücke, die mein Erlebnis in mir hinterlassen hatte. Ich schaute an mir herunter und sah die Zigarette auf dem Boden, die ich auf meinem Weg zu dieser Reise geraucht hatte. Kurz überlegte ich, was das Beste sei, was man nach solch einer Erfahrung als erstes tun könnte. Schnell fiel es mir ein.

Ich drehte mir eine neue Zigarette, zündete sie, noch einen kurzen Blick auf das Straßenschild werfend, an, machte auf dem Absatz kehrt, und ging schmöckernd zu meinem Auto. Mit jedem Schritt trat das Bild jener Wesen deutlicher in mein Bewusstsein, die, so viel hatte ich verstanden, ihre Entsprechung in dieser Welt haben mussten. Wahrscheinlich ist es nur ein Mensch, aber von diesem

Moment an, war es mein Ziel, genau diesen Menschen zu finden, der alle Bewohner der Stadt Ksandrovica bedingt. Ich würde ohne Unterlass suchen und wenn ich die ganze Welt bereisen müsste. Und ich würde jeden einzelnen Tag dieser Suche glücklich sein, weil ich von nun an wusste, dass es solch einen Menschen gibt. Selbst wenn das alles nur ein Traum war.

Als ich zu meinem Auto zurückkam, fand ich einen Zettel an der Windschutzscheibe. Er war zefleddert und schien seit Wochen dort befestigt, doch wusste ich genau, dass er noch nicht dort war, als ich das Auto verließ. Ich hoffte auf einen Hinweis, vielleicht von Klaudius oder einem anderen Bewohner des Seltenreichs, wo ich mein Wesen finden könnte. Den Zettel entfaltend, stellte ich mir vor, wie ich sie fragte und sie mir sagten, dass es unmöglich sei, dass ich mich getäuscht habe, dass solche Wesen nur im Seltenreich existieren könnten. Stattdessen las ich nur einen Satz: „Träume, mein Lieber, sind niemals Schrott".

Traumschrott 2

Zwölf Geschichten

„Ja, meine Damen und Herren, ich darf Sie herzlich zur heutigen, zweiten Sitzung unseres Gremiums begrüßen. Sie alle haben die zwölf Geschichten nun gelesen und ich bin sehr gespannt auf Ihre Ansichten. Womit möchten Sie beginnen?"

Die Runde schweigt. Du sitzt wieder auf demselben Platz wie bei der letzten Sitzung. Flaschen und Kaffeekannen sind wieder aufgefüllt und ich gehe meinem Dienst als Praktikant nach, indem ich die letzten Gläser und Tassen fein säuberlich auf dem Tisch platziere. Einige Sekunden passiert nichts, dann meldet sich die Politikerin Petra Wagenhart zu Wort.

„Ich bin dafür, dass Irina Rosen uns durch die Sitzung führt. Sie ist als Autorin schließlich die Expertin. Ich möchte allerdings aufmerken, dass ich erschreckend viele Rechtschreibfehler gefunden habe."

Irina Rosen blättert mit fachmännischem Blick durch das Manuskript.

„Also, ich denke, man kann insgesamt sagen, dass die Geschichten sehr heterogen sind. Vielleicht sollten wir zunächst diskutieren, inwiefern die einzelnen das vorgegebene Thema ‚Traum' getroffen haben. Meiner Auffassung nach trifft das auf einige zu. ‚Das Idol' erzählt ganz eindeutig von einem gescheiterten Künstler, ‚Sveta'…"

„Nun, da möchte ich gleich einmal einhaken", sagt Petra Wagenhart, „diese Geschichte ist im doppelten Sinne von einem absolut antiquierten Frauenbild geprägt. Nicht genug, dass die Frau eine Prostituierte ist, sie wünscht sich auch noch ein Leben mit Herd und Kind!"

„Ich weiß nicht, welche Geschichte Sie da gelesen haben, Frau Wagenhart", sagt der Geschäftsmann Ludwig Böhlen, „aber in meiner Version war mit keinem Wort von Kind und Herd die Rede."

„Das ist doch offensichtlich", sagt Petra Wagenhart, „der Mann, dieser Heinrich …"

„Herbert"

„Ach, also dieser Mann ist in eine Prostituierte verliebt. Er hat keinen Respekt vor Frauen, es sei denn, sie erniedrigen sich für ihn."

„Er ist total verunsichert, weil er noch nie eine Frau hatte", sagt der Journalist Axel Johann Konner, „der Ödipus-Komplex sprießt doch aus jeder Zeile! Ich weiß nicht, was Sie daran antiquiert finden, Frau Wagenhart, mit Ausnahme der Tatsache, dass dieses Motiv seit der Antike existiert."

„Völlig antiquiert ist das!"

„Frau Wagenhart, ich denke, Herr Konner hat nicht Unrecht", sagt Ludwig Böhlen, „hier geht es darum, dass ein Mann seine Traumfrau in einer Prostituierten sieht, weil sie für Geld so ist, wie er sich eine Frau wünscht. Aber diese Frau ist eben auch nur ein Mensch mit Gefühlen und wenn er jede Woche zu ihr sagt, dass er sie liebt, frustriert sie das irgendwann. Schließlich liebt er nicht sie, sondern nur die, die sie für ihn spielt. In Wahrheit ist sie ganz anders. Das wirft sie ihm vor. Aber er will es nicht einsehen und hält lieber an seinem Traum von ihr fest. Deswegen geht er schließlich. Sein Traum ist ihm wichtiger als sie. Für mich ist das eindeutig."

„Nein, nein, nein", sagt Petra Wagenhart, „Diese Frau fügt sich in ihre Opferrolle und das ist weder zeitgemäß noch angemessen. Da müssten Sie mir doch zustimmen, Frau Rosen!"

„Nein, das sehe ich anders", sagt Irina Rosen, „‚Sveta‘ handelt von einer gescheiterten Liebe, das ist eindeutig. ‚Seltenreich‘ vom Traum von einer Liebe, bei beiden, würde ich sagen, ist das Thema gut getroffen. Aber nehmen Sie zum Beispiel ‚Der Ausflug‘. Es geht um einen psychisch Kranken, der sich selbst nicht für krank hält. Was hat das mit dem Thema zu tun?"

„Das vorgegebene Thema heißt ‚Traumschrott‘, wenn ich Sie da korrigieren darf", sagt der Vorsitzende.

Alle Anwesenden blättern hektisch in ihren Manuskripten. Bei einigen ragen neonfarbene Post-Its zwischen den Seiten hervor, andere haben Notizen auf die Seiten gekritzelt.

„Er träumt davon, gesund zu sein", sagt Ludwig Böhlen.

„Ich würde sagen, er ist gar nicht krank, sondern das Opfer einer Verschwörung", sagt Axel Johann Konner, „was er sieht, steht im Widerspruch zu dem, was alle ihm sagen. Insofern träumt er nicht, aber seine Wirklichkeit ist überhäuft mit dem Schrott seiner Träume."

„Ich denke, das gesellschaftliche Anliegen der Inklusion hätte hier viel deutlicher hervorgehoben werden sollen", sagt die Politikerin Petra Wagenhart, „das finde ich zum Beispiel in ‚Sonntagskuchen‘ besser gelungen."

„Aber die Presse ist hier in ein sehr negatives Licht gerückt. Das kann man so nicht schreiben. Die Pressefreiheit ist schließlich unser höchstes demokratisches Gut", sagt Axel Johann Konner.

„Man muss Kritik vertragen können, auch die Herren Journalisten. Das fand ich in ‚Der Prinz‘ durchaus nicht schlecht umgesetzt", sagt Irina Rosen.

„Nun ja, das ist mehr das Klischee des gierigen, alles kontrollierenden Geschäftsmanns. Dagobert Duck gehört ja wohl mehr in die Vorstellungswelt der 50er Jahre", sagt Ludwig Böhlen.

„Da gebe ich Ihnen Recht", sagt Petra Wagenhart, „als ob Richter so leicht zu beeinflussen wären. Im Übrigen sehe ich in ‚Das Museum‘ den bildungspolitischen Anspruch der Gegenwart auf fatale Weise deformiert."

„Es beschreibt einen Generationenkonflikt", sagt Ludwig Böhlen, „ich fand es ganz amüsant."

„Das sehe ich auch so", sagt Irina Rosen, „allerdings finde ich in ‚Der Eremit‘ und ‚Dämonen‘ die Umsetzung als Dokumenttext äußerst fragwürdig und schwer lesbar."

„Ganz zu schweigen von dem christlich-fundamentalistischen Touch", sagt Petra Wagenhart.

„Beide Autoren versichern, dass es sich hierbei um echte Dokumente handelt", sagt der Vorsitzende.

„Das kann ja jeder behaupten", sagt Petra Wagenhart, „übrigens finde ich, dass ‚An der Ecke‘ mit der Auflösung des Mitbürgers mit Migrationshintergrund am Ende eine äußerst fatale Botschaft übermittelt."

„Wenn ich das richtig verstehe, kritisieren Sie einhellig, dass den meisten Geschichten nicht realistisch genug sind. Vielleicht fragen wir einfach mal unseren Leser", sagt der Vorsitzende, „was denken Sie denn zu den Geschichten?"

Der Vorsitzende, Axel Johann Konner und ich schauen Dich an. Irina Rosen macht sich Notizen, während Petra Wagenhart noch einmal das Wort erhebt.

„Einen Moment mal! Ich sehe mir das gerade noch einmal an und muss mit Bestürzung feststellen, dass wir einem verfahrenstechnischem Fehler aufgesessen sind. Sollten es nicht zwölf Geschichten sein? Ich sehe hier aber nur elf! Wenn das so ist, müssen wir alles noch einmal von vorne machen!"

Der Vorsitzende schaut bestürzt zu mir herüber. „Dafür war unser Praktikant verantwortlich. Zählen Sie doch bitte noch einmal nach", sagt er und ich sehe schon die ersten Schweißperlen auf seiner Stirn, als er durch die Seiten blättert. „In der Tat, es sind nur elf Geschichten. Können Sie mir das erklären?"

„Ja, das kann ich", sage ich und richte mich auf, „Sie haben in diesem Manuskript tatsächlich nur elf Geschichten gefunden."

„Und warum das um Gottes Willen?" fragt der Vorsitzende. „Ich habe Ihnen doch ausdrücklich gesagt, es müssen zwölf sein! Ich verlange eine Erklärung!"

Ich schaue in die Runde und genieße den Augenblick. In Petra Wagenharts Augen sehe ich mehr als eine Spur von

Genugtuung, dass ein solcher verfahrenstechnischer Faux-pas ihrer Aufmerksamkeit nicht entgangen ist. Der Vorsitzende reibt sich seine schweißnassen Hände, während er auf die übrigen Mitglieder schaut. Böhlen und Konner scheinen es spätestens jetzt zu bereuen, dass sie dem Gremium beigetreten sind, Irina Rosen will gerade etwas sagen, wahrscheinlich, dass sie selbst noch eine Geschichte in petto hat, die man mit diesem Preis auszeichnen könnte. Aber dazu kommt es nicht mehr, denn nun rede ich.

„Die Erklärung ist ganz einfach. Ich bin der Autor aller elf Geschichten. Ich habe sie Ihnen gegeben und die Autorennamen erfunden."

„Und was soll das?"

„Und wieso sind es nicht zwölf?"

„Ganz einfach, weil dies hier die zwölfte Geschichte ist. Ich habe alles erfunden, auch Sie! Den Vorsitzenden, die Politikerin, den Geschäftsmann, den Journalisten und die Schriftstellerin."

„Was reden Sie denn da für einen Schwachsinn?", ruft der Vorsitzende.

Ich schaue zu Dir und grinse. Du wusstest es die ganze Zeit, dass die Geschichten nicht von verschiedenen Autoren sind.

„Ich kann es Ihnen beweisen. Sie finden, dass die Geschichten nicht realistisch sind? Wie steht es denn mit Ihnen? Ihre Biografien sind nichts anderes als Ihre Träume, so wie Sie gerne sein würden. Frau Wagenhart zum Beispiel! Sie sind Mitte dreißig, Bürgermeisterin und haben zwei Kinder? Wohl eher sind Sie Ende vierzig und haben es nur zur Bürgermeisterin geschafft, weil Sie von einem korrupten Politiker protegiert wurden und jahrelang wissentlich Ausschreibungen für städtische Bauprojekte manipuliert haben. Herr Böhlen, ein Self-Made-Geschäftsmann? Das hätten Sie wohl gerne! Sie haben Ihre Firma von einem ehemaligen Freund übernommen, den Sie übers Ohr gehauen haben und sich später mit Geld einen Monopolstatus in der Stadt erkauft. Und Herr Konner ist als Kulturjournalist eine Niete, Alkoholiker und gescheiterter Hobbymusiker, der jeden verreißt, der es zu mehr gebracht hat als er selbst. Frau Rosen hat sich mit pseudoemanzipierten Billigromanen die Loyalität der Kulturpolitik erkauft und tingelt nun unter Vortäuschung eines kulturellen Sachverstands durch die Gremien der Republik, um sich selbst Preise zu verleihen. Und Sie Herr Vorsitzender sind ein bildungsbürgerlicher Opportunist reinsten Wassers, wie man sie zu hunderten in allen kleinkarierten politischen Gremien unseres Landes findet. Sie alle habe ich so geschaffen, wie Sie sich gerne in der Öffentlichkeit darstellen. Aber nur ein Wort von mir und Ihre Traumbilder von sich selbst fallen in sich zusammen. Denn Sie sind alle nur eine Erfindung von mir!"

„Sie sind wahnsinnig!"

„Wissen Sie, was Sie tun? Sie verbreiten Ihre außergewöhnlichen Lebensläufe in den Medien, um den Menschen zu vermitteln, dass sie selbst zu gewöhnlich sind, um ihre Träume zu verwirklichen. Aber damit ist jetzt Schluss!"

„Jetzt reicht's mir aber!", brüllt Böhlen, springt auf und stürmt auf mich zu, um mir an den Kragen zu gehen. Ich bleibe ganz ruhig. Als er mich fast erreicht hat, schnipste ich mit dem Finger und er löst sich in Wohlgefallen auf. Alle anderen bleiben erstarrt auf ihrem Platz.

„Wissen Sie", fahre ich fort, „ich habe ohnehin die Schnauze voll von Ihnen! Politiker geben sich als rechtschaffen aus und werben für mehr Transparenz, während sie zugleich alles dafür tun, um die wahren Vorgänge in den Entscheidungsprozessen zu verschleiern. Die Geschäftsmänner springen auf jeden Zug auf, sei es nun Umweltbewusstsein, Bio, Gesundheit oder soziales Engagement, nur damit man ihre Produkte kauft. Die Presse stellt sich als Anwalt der Bevölkerung hin. Ihre gesellschaftlichen Anliegen sind aber nur von einer Frage geprägt, nämlich, ob sie die Menschen aufregen und verängstigen, damit sie ihnen Aufmerksamkeit schenken. Dabei schüren sie immer wieder neue Feuer, um hinterher von den Bränden berichten zu können. Schließlich die so genannten Kulturschaffenden. Ihnen geht es nur darum, dass jeder Sie für Künstler hält, ohne dass irgendjemand genau weiß, was das eigentlich ist. Das einzige, was Sie wollen, ist, dass jeder sich für zu dumm hält, um Sie zu verstehen und Sie deshalb bewundert, anstatt zu bemerken, wie dumm das ist, was Sie tun. Die Wirklichkeit ist Ihr größter Feind, denn alles, was Sie in die Welt hinaustragen, sind nur Ansammlungen Ihrer eigenen, absurden Traumgestalten. Aber damit ist ja jetzt Schluss!"

Einen Moment herrscht Schweigen. Dann springt Axel Johann Konner auf und rennt zur Tür. Ich kann nur müde lächeln, schnipse mit dem Finger und er löst sich auf. Eine Sekunde später sehe ich auf Irina Rosen. Sie schaut mich mit eiskalten Augen an. Meine Finger reiben aneinander und sie ist nicht mehr. Im Augenwinkel sehe ich, wie Petra Wagenhart zusammengezuckt. Ich gehe mit charmantem Lächeln auf sie zu. Ihr Gesicht ist voller Tränen, sie schluckt die letzten herunter. Meine Hand halte ich ihr ganz nah vor ihr Gesicht, sie kneift die Augen zusammen und verschwindet. Dann schaue ich zum Vorsitzenden.

„Nein, bitte nicht. Verschonen sie mich, lassen Sie mich gehen, bitte, ich habe Ihnen doch nichts getan!"

Mit einem Lächeln auf den Lippen drehe ich mich theatralisch um meine eigene Achse, zeige dann mit dem Finger auf ihn und mit meinem letzten Schnipsen verschwindet auch er.

Dann sehe ich zu Dir herüber. Ich kann nicht genau erkennen, ob Du schockiert bist, aber Du weißt ja, dass ich Dir nichts tun kann, weil Du keine Erfindung von mir bist. Dann richte ich das Wort an Dich in dem ansonsten leeren Sitzungsraum.

„Ach komm, ist nicht schade um die. Es sind nur meine Figuren und sie waren weiß Gott nicht meine liebsten. Weißt Du was? Der Raum hier ist genauso scheiße. Ich löse ihn auf und setze mich Dir gegenüber, dort, wo Du gerade bist. In Deinem Zimmer, in einem Café, in der Bahn oder auf einer Wiese, vielleicht an einem See. Und dann erzähl mir, wovon träumst Du?"

Der Autor

Christian Krumm geboren 1977 in Krefeld, ist promovierter Historiker und Heavy-Metal-Autor. Seine Bücher geben Einblicke hinter die Kulissen der Szene und stets ist er auf der Suche nach Themen, die bislang unbeachtet geblieben sind. Zusammen mit Holger Schmenk schrieb er 2010 *Kumpels in Kutten. Heavy Metal im Ruhrgebiet*, ein Buch über die Szene der Metal-Metropole Ruhrpott. Das Buch *Do It Yourself. Die Geschichte eines Labels* (2012) portraitiert die Dortmunder Plattenfirma CENTURY MEDIA. Dass der Metal auch exzellenten Romanstoff bietet, bewies er mit *At Dawn They Sleep* (2014). Mit *Morgoth Uncursed* lieferte er 2015 seine ersten Bandbiografie ab.

Mütter gelten von jeher als der Mittelpunkt der Familie. Aber auch sie haben verschiedene Aspekte: Von der liebenden Mutter und der weisen Großmutter über die böse Stiefmutter bis hin zur psychopathischen Mörderin ist alles dabei.

So facettenreich das Bild der Mütter ist, so abwechslungsreich sind die Geschichten dieser Anthologie. Hier findet sich vieles: von Märchenhaftem über Lyrik, Biographisches, Düsteres, Humorvolles bis hin zu Bizarrem.

Das *ideale* Geschenkbuch für jede Mutter.

Mit unveröffentlichten Geschichten von
Christian von Aster, Luci van Org, Axel Hildebrand, Tom Daut,
Anja Bagus, Isa Theobald, Tanja Schierding, Edie Calie, Heike
Schrapper, Sonja Rüther, Guido Rohm und 20 weiteren Autoren!

Anja Bagus (Hrsg.)
Mütter
Eine *überraschende* Anthologie
320 Seiten, 14,8 x 21 cm, Broschur
ISBN 978-3-946425-04-5
12.95 €